グランパより萌那へ

武田博幸

弦書房

カバー表・本文イラスト＝武田知子
カバー裏イラスト＝武田萌那

目次

はじめに　7

I　グランパより萌那へ……………………11

一　一人のやさしい人の存在　13
二　人と違う自分　17
三　いくつになっても友だちは出来る　21
四　ほんとうの心の友　25
五　学校の勉強について　30
六　看護師という職業　35
七　自然のすばらしさについて　38
八　馬出ばあちゃんのこと　46
九　グランパのお父さんのこと　50
十　肩書きのある人とない人　55
十一　教師としてのグランパ　60
十二　読むことと書くこと　68

十三　新聞について　79
十四　大学並びに学者について　84
十五　ばあばのこと（結婚について）　93
十六　グランパの故郷　99
十七　みんないっしょがいい　107

Ⅱ　私の少年時代 …………………… 111

一　阿蘇への引っ越し　113
二　市原での日々　119
三　川の思い出　127
四　駐在巡査の父　132
五　忘れられない三つのこと　137
六　少年の恋　142
七　兄のこと、母のこと　147

八　村の外での経験　155
九　南小国中学へ入学　160
十　下宿生活　164
十一　別れといじめ　171
十二　少年時代の終わり　176

Ⅲ　高校生の萌那へすすめる本……………179

一　渡辺京二著『逝きし世の面影』　181
二　カズオ・イシグロ著『日の名残り』　184
三　アンナ・マグダレーナ・バッハ著『バッハの思い出』　187
四　石牟礼道子著『椿の海の記』　190
五　ジェイン・オースティン著『自負と偏見』　193

あとがき　196

はじめに

人は、人生の舞台から下りいずれこの世から消えゆくことも考えるようになると、これから舞台へ上り新たな人生を歩み始めようとする者へ何かせめて小さなメッセージでも送りたいと思うものなのでしょうか。二歳から三歳にかけての孫娘の様子を日々間近で見ながら、この子が中学生か高校生になった頃読んでくれるかも知れない文章を書いてみようと思い立って、書き上げたのがⅠの「グランパより萌那《もな》へ」というエッセイです。よって十代後半の若い女性へ語りかけるかたちで書かれています。

人生をどう生きていくか、最も基本的なことを語るように心がけました。自分と他者について、友だちについて、学校の勉強について、読書について、仕事について、世間についてなど、一人の若者が自覚的な人生を生きようとすれば必ず向き合うことになる問題について私はどう考えたか、考えているかを分かりやすく示そうとしました。それから、地球環境がいかに荒廃にさらされているとは言え、地球の自然がいかに魅力溢れる存在であるかを、私のささやかな経験を通して語ろうと思いました。そしてまた、一人の若者が現に今生きていることは、親の愛情だけでなく、その父母、更にその父母の思い、生き方に繋がり、それらを受け継いでいることにも気付いてほしいと考えました。それ故、私の親や妻の親がどういう人であったかを語ることにもなりました。

私はこの作品を自分と同世代の六十代、七十代の方々にまず読んでほしいと思いますが、最も望むところは、私が語りかけた若者、すなわち中学生や高校生を子どもに持つ方々がこの本を読み、実際にわが子に読ませてみようという気持ちになってもらうことです。

Ⅱの「私の少年時代」は、題名の通り、昭和二十七年生まれの私の小学・中学時代の思い出を綴ったものです。昭和三十年代後半（一九六〇年代前半）の田舎の少年はいかなる日々を過ごしたか。同年代の方々は懐かしくその時代を思い出されることでしょう。もし今の少年たちが読んでくれたら、半世紀以上前の日本にはこんな世界があったことにまず驚くでしょう。それは、周りの自然とも、また毎日を共に生きる仲間とも深く交わり、親密な関係が結ばれる世界でした。自然とも人間ともそっけない関係しか結べなくなっているように思える今の子どもたちに、自分たちの現状は変えようもないものではなく、自分たちは自分たちで、周りとの新たな別の関係を作っていけるのではと考えるきっかけにでもなってくれれば嬉しく思います。

Ⅲの「高校生の萌那へすすめる本」は日本の名作二編と、世界の名作三編を紹介したものです。若者への具体的な読書の指針として五冊の書物を取り上げていますが、どれも人生を十分に生きた人こそ深く味わえる本とも言えましょう。

Ⅰ　グランパより萌那《もな》へ

萌那《もな》が大人へと歩み行く道を思い描いたとき、ときどき語って聞かせたいと思うことがあります。でも、萌那はまだ三歳にもなっていないので、今自分が話したいことを書き記しておこうと思いました。しかし、どういう書き方をしたらいいものやらなかなか心が定まりませんでした。そんなとき、「グランパ」という言葉がふとひらめきました。随分以前に読んだ筒井康隆氏のエンターテインメント小説『わたしのグランパ』が頭の片隅に残っていたのかも知れません。こうして「グランパより萌那へ」という題が決まったとき、頭の中でぼんやりあれこれ考えていたことがくっきりとしたかたちを見せてきて、書くことが出来るという確信が生まれました。こうして十七篇の文章が出来上がりました。

子どもから大人に向かいつつある中学生か高校生の萌那が、これからの自分の人生について考えるヒントの一つでもこの文章の中に見い出してくれたらと思っています。

一人のやさしい人の存在

グランパは今七十歳。萌那に比べると、ずっと長い間にわたって多くの人を見てきたわけだけど、一人の人間が周りの人をいかに幸せにするかということを近頃しみじみ思う。小さな集落の中でもそうだ。一人の明るくて親切なおばさんがいると、周りの人は、あまり自覚していないかも知れないが、随分といろんなことで救われているのだ。病院なんかだと、やさしい気遣いをしてくれる看護師さんが一人いると、患者はその温かい言葉で痛みは和らぎ、何か小さな希望だって生まれてくるのだよ。萌那も、思いやりのあるやさしい先輩や友だちのお陰で、ちょっとつらかった時期を乗り越えられたなんてこともあったのではないだろうか。

グランパの心の中にいる一番のやさしい人はグランパのお母さんだ。グランパのお母さんは、グランパが四十七歳のときに亡くなった。もう二十三年も時が経って、いつもいつもということではないけれど、よくお母さんのことを思い出します。それは、グランパが子供であった頃のお母さんであったり、亡くなる前の弱ったお母さんだったりします。先日、朝、目が覚めると、蒲団の中ですらすらと一つの小さな詩が出来ました。お母さんのことを詠んだ詩です。グランパは一年に数えるほどの詩しか作りませんが、これは自分が作った中では出来がいいと思うので、ここに書いてみます。

女神の子

母は生みの親に三歳で
死なれた　六歳のとき
父と四人の兄たちは
ブラジルに移住した
母は養女となったが
やさしい女性に育った

近所のおばあさんは
「ああたのお母さんは
女神様ですばい」
と少年の私に言った
母ほどにやさしい人に
私はなれないけれど
女神の子であることは
忘れないでいたい

グランパのお母さんは、三歳で母親を病気で亡くし、六歳のときには家族みながそばからいなくなるという大変な経験をした人でした。ブラジルに移住することを決めた父親は、女の子は異国でどんなつらい目に遭うか分からないと考えて、男の子だけブラジルに連れて行ったそうです。日本に残された六歳の女の子は知り合いの老夫婦の養女になりました。実の親のいない苦労をしたと、グランパのお母さんは涙ながらに話したことがあるけど、

母を「女神様」と言った片山のばあちゃんと少年の私

母方の親族にも支えられ、心やさしい人に成長しました。

グランパのお母さんの若い頃を知る人から、壮年期を知る人から、また晩年の様子を知る人から、「遠くからでも笑顔で挨拶してくれる人だった」「誰にも親切にしよんなはった」「あなたのお母さんに助けてもろうたことは忘れません」など、褒めたり感謝したりする言葉をグランパは幾度も聞いたことがあります。

グランパのお母さんを「女神様」と言ったのは、グランパが赤ちゃんのときには子守もしてくれた近所のおばあさんでした。隣村に引っ越してからもときどき遊びに来ておられました。おばあさんは自分の家では息子夫婦にあまり大事にされていなかったようで、それでなおさら、グランパのお母さんのやさしい思いやりが身に沁《し》みたのでしょう。

グランパが女神の子だとすると、萌那は女神のひい孫です。ということは、「やさしさ」の血脈は自分にも流れているかなと萌那が思ってくれたら、グランパは嬉しく思います。グランパのお母さんがどういう人だったのか知りたかったら、『母の家計簿』*という本が家にあるからいつか読んでみて下さい。

＊『母の家計簿』　母の残した家計簿の二年分と家族による母の思い出。自費出版物。

二　人と違う自分

長年、いろんな人と接してきて、グランパがつくづく思うのは、人はみんな一癖《ひとくせ》あるということです。世の中には誰が見てもあの人は変わっているという変人奇人といった人もいるけれど、そういう人は横に置くとして、そう変わっているとも思えない、ごく普通の人たちも、ちょっと付き合ってみると、あれやこれやとその人なりのこだわりを持っていることに気付かせられます。萌那も、こんな些細なことで人は向きになったり喧嘩したりするんだと、驚いたこともあるのではないかな。人は誰も自分の流儀があるのです。

まず人は生まれつきにおいてどうしようもなくそれぞれ違って生まれて来ます。萌那は兄弟姉妹がいないからあまり分からないかも知れないけど、同じ親から生まれても、兄と弟、姉と妹では、気質・性格がひどく違っています。なんでこうも違って生まれて来るのだろうと不思議に思うくらいです。出発点ですでにひどく異なるものが、様々の違った境遇でそれぞれに育っていくのですから、感じ方だって考え方だって違ってくるのも当然といえば当然でしょう。

人はみんなそれぞれ違うものだということは、自分も他と違う一人の人間だということです。そこで、問題は、自分という人間は他の人とどう違う人間なのかということになるけど、これはなかなか簡単に分かるものではないのです。若いときに分かった気になったりもするんだけれど、せいぜい自分を知る取っ掛かりをつかんだくらいでしかないでしょう。

自分はどういう人間なのか、これは生涯死ぬまで人は考え続けていくものなのでしょうが、グランパの経験から言うと、いろんな人に出会い、いろんな本を読んで、揉まれ揉まれしていくうちに、だんだんと自分の地金《じがね》というものが見えてくるように思います。およそ自分という人間はどうもこんな人間であるようだ、変わってるといえば変わってるよな、でもこういう自分なんだからこれでやっていくしかないんだよなと、自分で納得するしかないような自分が見えてくる。誇るでもなくいじけるでもなく、ここにこういう自分が確かにあるから、これでやって行こう、そういった気持ちを持てるようになったとき、自分はどういう人間か、およそ見えてきているのだと思います。

自分がおよそどういう人間かを見定める、これには時間がかかるのだけど、この見定めはとても大事なことだと思います。なぜなら、その見定めがしっかりしていれば、何かで失敗しても（ときに人は失敗するものです）、自分がすっかりダメ人間に思われてしまって、がたがたに自信を失うなんてこともないでしょう。また人にひどく叱責されるようなことがあっても、自分を見失わない限り、この叱責は自分の弱点を確かに突いている、いや、ただ黙って聞いてやり過ごせばよいだけのことと、冷静な分析もできて、そううろたえずに済むでしょう。

人と違う自分、これはもう生まれたときから違うと言ったけど、違ったままでただそれぞれ生きていくというのではなく、自分がどういう人間かを確かめ確かめしつつ、それを大事に育てていくのが人生なのだとグランパは思います。自分自身の育て方次第で人生の質は随分と違ってくるのです。

人は自分と違う、自分は人と違うということは、人間は基本的に孤独だということなんだけど、「孤独」というのは即さびしいということではありません。自分は誰とも違う人間だから、誰とも繋がりは作れず、交わりようもないというのであったら、それは孤独でさびしいということになるでしょうが、人が本来的に孤独な存在であることを知り、自分を見つめ、自分を大切に育てようと思っている人間同士にこそ、人と人との深い交わりが生まれるとグランパは考えています。人それぞれが違うというのは、ばらばらで生きるしかないさびしい人生が待ち構えているというのではないのです。

　人と人との交わりについては、浅い交わり、深い交わり、それぞれに後でも述べることにしようと思います。

三　いくつになっても友だちは出来る

萌那は「友だち」と言える人が今何人いるだろうか。グランパが長い人生を振り返って思うに、友だちはずっと長く続く人もあれば、いつの間にか繋がりが薄くなって、今どうしているかも知らないような人になってしまうこともあります。

長い間にわたっての友だちというのも、親密な仲のままで続く人もあれば、切れそうで切れたままになることはなく、時々連絡し合ったりして友人関係が続くという人もいます。

萌那に、これは分かっていたほうがいいかなと思うのは、人間は年齢に応じて成長するし、また置かれた環境によって考えを変えてもいくので、自分が求める友だち、相手が求める友だちというのも変わっていくということです。今、萌那が友だちと思っている人が、数年後には萌那にとってそれほど大切な人ではなくなるかも知れません。また、今、萌那を強く友だちだと意識している人が、数年も経つと萌那を友だちとしてそんなに必要な人とは思わなくなるかも知れません。人間はずっと同じ気持ち、同じ考えでいるものでもありませんから、その時々で友だちが変わっていくのも、それが自然といえば自然なことなのだと思っていいのではないかとグランパは思います。

友だちは若いときに友情で強く結ばれないと、大人になってからはなかなか友だちは出来ないのではないかとか萌那は思っているかも知れないが、そんなことはありません。グランパは大学生の頃、誰も友だちがいないといった状態で、こんな誰とも親しく交わることのない人生を送るのだろうかと思ったこともありましたが、他県の大学院に入ると、心から信頼して交友できる先輩・同級生が何人も出来ました。環境が変わると、人との交わりの質もがらりと変わりもするのです。

就職してグランパは予備校の国語科の講師になったんだけど、国語科の講師に限らず、数学科、英語科、物理の先生などと親しく付き合うことができました。退職して隠居した今も、元同僚とはたまに飲み会を開いたりして、旧交を温めています。

仕事から離れ、山の中に開かれた住宅地に住むことになった今も、この地に住まう方々と新たな交友が生まれ、一緒に山登りをしたり竹の子掘りをしたりして楽しんでいます。

気が合う人というのは、人と交わろうという気持ちさえ自分にあれば、いるものだなあとグランパはこの歳になってつくづく思っています。

いくつになってもその時々で友だちは出来るものだよということを書いてきましたが、友だちと思っていた人から、自分には理由も分からず嫌われるようになることもあるということも、知っておいたほうがいいかも知れません。グランパ自身の過去の経験をもとに言っているのです。十年ほどもグランパに対し熱っぽい敬意を示して慕っていた人が（なぜ自分はこの人にこんなに慕われるのだろうと思うほどでしたが）、いつの日にか言葉がとげとげしくなり、不信をあらわにされるようになりました。何か憎しみをかき立てるようなことをグランパが言ったかしたかに違いないのでしょうが、いまだにグランパには何がきっかけになったのかよく分からないままです。グランパ自身どうするすべもなく、こういうことについては萌那に教訓めいたことを何も言うことが出来ません。人の好悪《こうお》、好き嫌いはただただはかりがたいとグランパは思うばかりです。

友情で特におもしろいと思うのはいわゆる竹馬の友です。少年・少女時代を毎日一緒に遊んだ仲間は、いくつになっても懐かしくまた慕わしく思えます。異なるそれぞれの人生を生きてきて、思想信条だって何だって今はひどく違っているのでしょうが、幼い日々を共有した人には不思議と親愛の情と安心感を覚えます。まったくの他人というのはどういう人生を生きてきた人なのかまるで分からない、故に何らかの不安や恐れをわれわれは無意識にも抱いていると思うけど、幼い過去の日々の共有はそんな恐れや不安を払いのけてくれます。萌那もおばちゃん、おばあちゃんと言われる歳になったら、この朝倉の地で一緒に育った仲間たちが無性に懐かしく思われたりもするのではないでしょうか。

四　ほんとうの心の友

萌那には今、この人とは一生付き合っていくのかも知れないと思う友だちがいるだろうか。先に述べたように、しばらくの間はそう思っていても、長くは続かないで終わることもあります。萌那が、四十歳、五十歳になって、この人とは深い友情で結ばれていると思えたら、それはほんとうの心の友と言えるのかも知れません。

普通、人付き合いでは、宗教と政治の話はしないほうがいいとか言います。何を信ずるか、どういう政党を支持するか、どのような思想信条を持つか、これらは人の根幹に関わることなので、そういうことに立ち入らないほうが、人間関係は円滑に運ばれるというわけです。しかし、こういうことに触れたら、関係が気まずくなるのではと気遣わなくてはならないとしたら、それは「お友だち」ではあっても、ほんとうの心の友とは言えないでしょう。

どんな付き合いでも、気遣いや配慮というのは伴うものですが、恋愛、信仰、社会問題など自己の内面のあり方に深く関わることについて、いくらかためらいつつであっても、話が出来る人、それがほんとうの心の友だとグランパは思うのですが、そういう人を友に持っている人はあまり多くはないように思えます。現代人はますます孤独になっていると言われたりしますが、それは多くの人にそのような心の友がいない現状を示しているのだと思います。萌那も一生のうちにそんな人が現れるかどうか。一人でも得られたら、それはとても幸運なことと言えるでしょう。

グランパにほんとうの心の友はいるかというと、グランパにはいます。それは二歳年上の兄です。兄弟だから仲がよいのはごく当たり前のようだけど、広い世間に兄弟で親友という例はそんなにあるものでもないように思えます。

二歳上の兄というのは、弟にとって大きな影響を与える存在である場合が多いと思いますが、グランパは兄の背中を追っかけるように人生を生きてきたように思います。グランパにとって兄が人生の先導者であったのです。高校は兄が行った高校に行き（中学三年の担任の先生は私に別の学校に行くことを薦めましたが）、大学も兄と同じ大学・同じ文学部を選び（学科の専攻は、兄はドイツ文学、グランパは倫理学と違いましたが）、兄が他県の大学院に進めば、グランパも同じ大学院に進みました。

兄が読んだ本が本棚に並ぶと、グランパも関心を持たずにはおられません。兄ほどには理解できないのだけど、何とか食らいついて読もうとしたものです。いつも兄の精神の活動領域の中にあって、自分が兄の小型人間のように思えることもあり、それはときに癪に障ることであったのですが、何しろ人生の先輩で、その背中は大きく見えたので、大学時代に恋愛で行き詰まると兄に相談し、結婚相手が決まったときには、両親よりはまず兄に報告したものでした。

そんな間柄だったから、二十代はもちろん、三十代、四十代においても、兄を友人と思うことはなかったように思うけど、六十代に入った頃からだろうか、この人がグランパにとって無二の親友なのだと思うようになりました。面白いと思った本はいつも教え合うし、宗教のことも政治のことも何についても語り合う仲です。

同じ親に生まれ、同じ境遇で育った肉親だから、学校や職場で出会った友人とはおのずから違うところはありますが、今では、人生を共に悩みながら懸命に生きてきた仲間だという感を深く抱いています。

グランパは生まれついたその繋がりから兄という心の友を持つことになったのだけど、心の友は、長い持続的な接触・交友を重ねた上にのみ得られるものとはグランパは思いません。年数また年齢に関係なく、心の友は生まれるところには生まれるものだとグランパは一方で思います。

グランパはある著述家を心から尊敬し、その人の本をほぼすべて読んでいます。一冊一冊の本がグランパを支える力になっています。となると、その著述家と交友があろうとなかろうと、その著述家はグランパにとってほんとうの心の友なのです。

また、こんなこともあります。グランパの拙い本を読んでお手紙を下さった方があります。そのとき、グランパはこのように深く自分を理解して下さる人がいることを心から嬉しく思いました。グランパは心の友がここにもいると思いました。歳が二十も上の方であろうと、三十も離れた若い人であろうと、そんなことは関係ないのです。

こう考えると、心の友は外国にも、また過去の人物にだって見つけられそうです。グランパはここ一、二年、「万葉集」を読んでいるけど、この中には何人もの心の友がいるようにグランパには思えます。自分の一生でたとえ無二の親友に出会えなくても、このような友なら、運の善し悪しに関係なく得られることでしょう。

グランパは、萌那の一生において、いつだって話そうと思ったら何でも話しの出来る心の友が現れることを願っているけれど、書物を通して出会う心の友も大切にしていったらいいと思います。

五　学校の勉強について

間もなく三歳を迎える今の萌那はジグソーパズルなんか、すいすいと組み合わせたりして、結構賢い子かも知れないなんてグランパは思っているのだけど、中学生、高校生になって、萌那は学校の勉強は出来るほうだろうか。苦手の科目とかあるんだろうか。いや、それどころか、学校なんて大嫌いという個性的な子に成長しているんだろうか。

グランパが「勉強」というものを意識したのは小学六年生のときです。市原先生という男の先生に何を刺激されたのかよく分からないのだけど、勉強をちゃんとしよう、学校で習うことはすべて理解できるようになろうと思う男の子になったのです。その決心のお陰か、中学までの勉強はよく分からないなんて思う教科はありませんでした。

高校に入って、これは中学とは違う、勉強のレベルが上がったなと思いました。どの科目も身を入れて勉強に取り組まないと分からなくなってしまうぞという恐れを感じました。

恐れを跳ね返すべく、懸命にどの教科にも励めばよかったのですが、生意気な（今思えば、愚かな）考えが自分を支配して、懸命に取り組む教科とこれは自分には必要ない科目と分けて、前者に多くエネルギーを注ぎ、後者は出来る限り手を抜くことにしたのです。後者に入れられたのは、地理、地学、化学といった教科です。世界のどの地域で何が生産されているかとか、地球の地層の内部はどうなっているかとか、ある物質とある物質は融合するとどう反応するかとか、そんなことは、学ばなければならない状況にもし置かれたら学べばいいことであって、差し当たり今の自分に何の関係もないもののように思えました。

若者は一般的に性急で、浅はかな考えに囚われがちです。たまたま自分の前に現れた問題ばかりが大きく見えて、大きな視野で物を見る目がないのです。高校で学ぶ英語、古文、漢文、政治経済、倫理、数学、物理、生物、そして地理も地学も化学も、いずれも人類がこの千年、二千年の間に形作ったり発見したりしたそのエッセンスをコンパクトにまとめたものといったものです。よく学ばなくていいものはないのです。

グランパは萌那に優等生になれと言っているのではないのです。物事をそれなりに判断できる人間になるには、学問の基本はやはりしっかり学んで置く必要があるということです。どの教科もよく出来る生徒になるのは難しいかも知れないけれど、どれも出来る限りよく学んでおくに越したことはない、それが学校の勉強だと考えておくのがいいと思います。

グランパは数学は全然嫌いではなかったけれど、ちょっと手を抜いていると、まるで分からなくなります。そういうとき、投げないことです。これは私には分からないことだと諦めないこと。理系の勉強は分からなくなったら、それ以前に遡って初歩から学び直すことです。周りに手を差し伸べてくれる人も探せばきっといるでしょう。

グランパはまったくの文系人間だったのだけど、自分自身の反省も含めて、文系の文学・歴史・政治・思想などを学ぶ上で、若いときから心がけたらいいことを言っておきましょう。日本語でも外国語でも速く読めるようになること。そのためには高校生あたりから英語の本、日本の小説や歴史の本など（自分の興味に即していい）、いくらでもたくさん読むことです。日本語については現代文だけでなく、古文と漢文を読みこなす力も養うといいでしょう。高校の勉強レベルで甘んじてはいけません。

萌那が小学生になったら、グランパは萌那に万葉集を教えてやろうと思っているのだけど、果たして受け入れてくれるものやら。そもそも、グランパは萌那が興味を持つような教え方が出来るものやら。

更に萌那が十歳くらいになったら、ギリシア語初級を教えてやろうと考えているのだけど、これもどうなるものか。ギリシア語といっても、現代ギリシア語ではありません。ソクラテスやプラトンが生きていた時代の古代ギリシア語です。グランパは二十代の七年ほどギリシア語三昧の暮らしをしたので、死ぬ前に一人くらいギリシア語を教えておきたいと思っているのです。しかし、それこそ、グランパがいかに若い時に一生懸命になったものとは言え、萌那に何の関係があるのと、断固拒否されるかも知れないね。

グランパが学校の勉強について萌那に言いたいことは、結局のところ、こういうことです。将来、社会的地位を築くために必要なことだから、勉強は我慢してやりなさいということではなく、勉強は、新たな発見を自分にたくさんもたらしてくれるものであるのだから、若者の軽はずみな考えで、嫌いとかいやとか言って、自分から遠ざけるようなことはしないほうがいいということです。心開いて向き合えば、どの教科にも心をわくわくさせるものがあることに気付くでしょう。そして、それらを一通り勉強したその向こうに、だんだんと自分が強く引きつけられる分野が現れてくると思います。そして、何に引きつけられるかで、自分がどういう人間なのかも考えることになるでしょう。大学に行く・行かないに関係なく、自分はどういう課題を抱《かか》えて生きていくのか、そういうことがだんだんと考えられる大人に萌那がなっていってくれたらとグランパは思っています。

六　看護師という職業

萌那が中学生、高校生になったら、漠然と将来の夢とかいうのではなく、具体的にどんな仕事に就こうかと考えるようにきっとなるだろう。もちろん萌那のなりたい仕事に就けばいいのだけど、グランパは看護師になってくれたらと思っています（十数年前までは看護師と言わず看護婦というのが普通でした。グランパはこの看護婦という言葉に柔らかな温かみを感じていたので、今はそう言わなくなったのがとても残念に思えます）。

人の命を救うというと第一にお医者さんがいるけど、医者というのはちょっと偉そうで、グランパは萌那に医師になってほしいとはあまり思いません。グランパは六十九歳の終わり頃、腎臓ガンの一部剔出手術で九州大学病院に十一日間入院したのだけど、看護師の方々のてきぱきとした仕事ぶり、そして患者への細やかなやさしい心配りに、感動したといってもいいくらい感心しました。看護師という仕事は夜勤があって、消灯の夜九時以降、午後十一時、午前一時、午前三時と、二時間毎に各病室の様子を見に来られます。夜も誰かが起きていて、このように自分たちを見守ってくれている人たちがいるというのは、とても大きな安心を与えてくれます。

看護師になるには様々な病気の勉強もしなければならないし、このように夜勤もあったりして厳しい仕事だと思うけれど、病気で弱った人たちをやさしく支えていく、とっても大事な仕事、言い換えると、世の中で人が生きて行くのに欠かせない仕事だとグランパは思うので、萌那がそういう仕事に就く人になってくれたらなあと思うのです。

右のようなことを考えていたとき、昨日の新聞の投書欄に次の文章を見つけました。

中学生　廣田悠花（一二）

将来の夢は、母のように医療関係の仕事に就くことです。

看護師の母は、私が体調不良のとき「大丈夫だよ」と声をかけてくれます。それだけで不安が一気に吹き飛んでいきます。こんなふうに誰かを安心させられる仕事に、すごく魅力を感じました。

母の言葉で安心できるのは、たくさん医療の知識を持つ看護師だからかもしれません。今まで出会った医療関係の方々は人柄が良く、いい人ばかりでした。仕事は大変かもしれないけれども、患者さんの前ではいつも笑顔で対応してくれます。

新型コロナウィルスが流行するなか、日々命がけで戦っている姿は格好よく、とても頼もしく見えます。

私も人に頼ってもらえる、人を安心させられる医療関係者になりたい。そのためにも学校生活の中で強い精神力と協調性を身につけたいと思います。

（三重県松阪市）

グランパは大学生のとき、「こんな人と結婚したいなあ」と思った人がいます。その人が看護師でした。お付き合いする間もなく、すぐに振られてしまったのだけど、実らなかった恋がグランパの胸の内に看護師さんへの憧れを持たせ続けているのかも知れません。

七　自然のすばらしさについて

山間部への入り口にあって市街からは少し離れているここ美奈宜の杜で萌那は生まれ育ってきたから、街《まち》の中で育った子どもよりは、たくさん自然に親しんできたと言っていいだろう。まず何より目と心を日々楽しませてくれるのは小鳥たちです。

グランパが毎日小鳥の餌《えさ》を庭に撒くので、スズメたちが二、三十羽、わっと集まって来ます。カラスもどこからか（多くは電信柱の上から）様子を窺っていて、たいがい二羽やって来て、スズメを追い払ったりします。スズメは追いやられてもまたすぐに戻って来て、餌をついばむのに懸命です。ときどきは山鳩（キジバト）もやって来ます。これも夫婦連れ立ってなのか、たいてい二羽で来ます。ハトは平和のシンボルというだけあって、決してスズメを攻撃したりしません。最近は（今三月です）、渡り鳥のシロハラも毎日やって来ています。シロハラはハトの半分くらいの大きさしかないのに、平和主義のハトよりは強く、シロハラが突っかかって行くと、ハトはうろたえて後じさりしたりします。鳥たちも、大きさや気の強さ弱さなどで上下関係があるようで、こいつとは一緒にやっていけるが、あいつはたまらんなあとか、鳥の世界も大変そうです。

やはり三月頃だったと思うけど、数年前、首に黄色い襟巻きをしたようなミヤマホオジロという小鳥が六、七羽しばらく続けて毎朝やって来たので、毎年来てくれたらいいなと思っていましたが、その年きりで、その後、姿を見ることがありません。

餌に集まるのではなく、庭木にやって来る鳥もあります。よくやって来るのが、お腹《なか》の茶が鮮やかなジョウビタキ。枝に止まって尾を二度三度下げる仕草を必ずします。そして、タキシードを着込んだような上品な白黒柄のシジュウカラ、また、抹茶色で、目の愛くるしいメジロ。山茶花《さざんか》の花に頭を突っ込んだり、水飲み場で水遊びをするかわいい姿を萌那もよく見たことがあるでしょう。たまに見かけるのが、黒・白・茶・灰色の四色でパッチワークをしたようなヤマガラ、それから、せいぜい年に一度か二度ヤマモミジの木に現れて木をコツコツやる小型キツツキのコゲラ。是非とも萌那に一度は見てほしい小鳥です。

鳴き声に心惹かれるのは何と言ってもウグイスです。三月初めから真夏の暑い頃まで、朝起きて玄関の戸を開くと、近くの森の二、三箇所からホーホケキョの声が聞こえて来ます。萌那には珍しくもない鳴き声かも知れませんが、たまには耳傾けて聞いてみて下さい。何て可愛い声だと思うでしょう。そして、初夏の到来を告げるのはホトトギスです。この鳥は人間とは常に一定の距離を保つようで、あちこち飛び回りながらも姿を見せてはくれませんが、キョッ、キョッ、トッキョキョカキョクの声ははっきりと響いて来ます。万葉集の昔から歌によく詠まれてきた鳥です。ホトトギスは夜暗くなっても鳴きますが、夜も更けて鳴くのはフクロウです。ホーホーというフクロウの低い声が聞こえると、奥深い森に住んでいるような気がします。

散歩に出かけると目にすることが出来る鳥もいます。家から百メートルほどのススキの原の斜面にはホオジロが何羽もいて、風に揺れるススキに留まっていたりします。近くの電線に留まってチチッ、チチッと鳴いていることもあります。街路樹のナンキンハゼの木には枝から枝にエナガという小鳥が数羽群れて飛び移っているのを見かけます。ほっそりした体で尾の長いこの小鳥を見ると、単にかわいいと思う以上に、暴風雨などの厳しい自然の中、この可憐な姿でどうか生き延びていってほしいと願うような気持ちになります。

上空を見上げると、空高くトビが七羽八羽ゆったりと輪を描《か》いて飛んでいます。ピーヒョロロロと鳴きながら、大空を軽やかに旋回する姿は、自由を満喫しているようです。

散歩の折に一度だけ見かけた鳥で、今でも忘れ難いのは青い鳥オオルリです。この世にこんな鮮やかな青い色をした鳥がいるとはと、胸が高鳴りました。「青い鳥」が現実にいるのです。山歩きをする人に聞いたところでは、まれだけど林の中でたまには見ることが出来るとのことです。萌那がその幸運に恵まれることをグランパは祈っておきましょう。

近くの寺内ダムまで行けば、冬場、たくさんのカモがいます。カモはいろんな種類があるようで、色も柄も様々です。説明板が立てられていますので、それを参考にしながら双眼鏡でダム湖を覗き見ると、楽しい野鳥観察が出来ます。小さくて愛敬のある顔をしたカイツブリや真っ黒のカワウも見つかるでしょう。

鳥のことを長々と語りましたが、美奈宜の杜にはウサギ、キツネ、タヌキ、アナグマ、猪、鹿などの動物もいます。

美奈宜の杜に移って来てほぼ十年になったけど、見かける動物はぐんと減りました。森の斜面が切り払われ、ソーラーパネルが大々的に張られたりしているので、動物たちも森の奥へ逃げて行ったのでしょうか。

　ここに家を建て、ばあばと新しい家を見に来たときには、子ウサギが現れて、ばあばと「あっ、ウサギだ」と言って追っかけたら、子ウサギは慌てて家のまわりを一周して逃げて行きました。散歩に行くと、三回に一回くらいは途中どこかでウサギを見かけたものです。ピーター・ラビットと共に暮らす毎日だったのです。それなのに、最近は逃げる後ろ姿もぱったり見ることがありません。

　タヌキも以前はよく見かけました。夜に散歩するグランパの前を横切って行ったこともあるし、近くの山の斜面には埋められた土管の中にタヌキが住んでいました。タヌキも住民の一人なのでした。

　キツネはこの十年間で二度しか見たことがありません。最初のときは、お天気の好い日、美奈宜の杜の幹線道路の真ん中に寝っ転がって上半身を起こし、毛繕いをしていました。キツネも一昔前はのどかなものだったのです。グランパは数分のんびりとその様子を眺めていました。

　アナグマは、暗い中では、今見たのはアナグマだったのかタヌキだったのか分からないほど、姿格好はタヌキに似ていますが、一年ほど前だったか、萌那とママと散歩しているとき、アナグマが道路すぐ下の斜面にいて、私たちと目が合っても逃げるふうもなく、ゆったりくつろいでいました。萌那も見たはずですが、憶えてはいないでしょうね。

右の動物たちに比べて、数を少しも減らしているようには見えないのが猪と鹿です。猪は家から二百メートル余りの所にある斜面を夜になると駆け回っていますし、鼻面《はなづら》でミミズを探し回って掘った跡が道路脇に生々しくいくらでも残っています。ここ美奈宜の杜では猪との車の衝突事故も時々起こります。グランパも、車に跳ねられて死んで間もないウリボウ（猪の子ども）を道路脇の草むらに埋めてやったことがあります。

この美奈宜の杜で、今現在、住民が最も身近に感じている動物は鹿でしょう。九月から十二月頃まで、牡鹿が牝鹿を求め叫ぶ声が森から響いて来ます。萌那もこの声がよほど印象的だったのか、何度も真似をしていました。小さい子どもが叫ぶ声が一番よく似ているようです。鹿は、暗くなると森から住宅地に出て来て、畑の野菜を食べ荒らしたり、草木の芽を食べたりします。昨秋、庭の草取りをしていたら、鹿のうんちが二箇所にありました。わが家の庭にもやって来ているのです。うんちが転がっているくらいはまだいいのですが、昨春、庭の隅に植えた桜の木の枝が二度も鹿に折られていたので、桜の木に囲いをつけてやらねばなりませんでした。夜には家の前の公園に毎晩やって来ているようです。

この美奈宜の杜の鳥と動物たちのことをあれこれ記したその最後に、ここの景観についてのグランパの思いも述べておきましょう。二丁目と三丁目の境にある坂道が夕日を見る絶好の場所なので、そこまで萌那のママも一緒に歩いて、何度も夕焼けを見に行きました。三歳にも満たない萌那に夕焼けの美しさはどう印象づけられているのだろうか。夕焼け雲があまりに鮮やかなときは、近くの山際がまるで燃えているようで、「怖い」と萌那は言ったこともありました。

お月様が近くの山から出て空に輝くのも一緒に見ました。月というのは子どもにも何か神秘的なものが感じられるのでしょうか、暗くなると「お月様見たい」と萌那が言う日がしばらく続きました。またたく星々にも目が向くようになったようにも思えました。

萌那はこのように太陽や月や星の運行を日々の生活の中で体感出来る環境で育ってきました。人間社会ではいろんな争い事もありますが、すばらしく美しい自然の中に人間は生きていることを時々は思い起こすのがいいように思います。

お仕舞いにもう一度、小鳥たちの話をしましょう。毎年、四月には、庭木に取り付けた巣箱からスズメが数羽巣立って行きます。巣箱から飛び立って行く瞬間の雛鳥たちを見ると胸がキュンとなります。これからどんな試練が待ち受けているか分からない世界へ「えいっ」と飛び立って行くのです。この子たちが無事に育つことを祈らずにはいられません。

この雛鳥たちは懸命に生きようとしています。もちろん人間も懸命に生きようとする生き物の一つだと思います。自然に生きる生き物たちは生きることの一番基本的なことを教えてくれます。元気に健やかに生きるということです。萌那さん、心が萎《な》えるときがあったら、悠然と軽やかに大空を飛ぶ鳥をご覧なさい。

八　馬出《まいだし》ばあちゃんのこと

萌那に、ばあばのお母さんの話をしよう。ばあばのお母さんは福岡市東区の馬出という所に住んでいたので「馬出ばあちゃん」と萌那のママは呼んでいた。その馬出ばあちゃんは七十歳過ぎて肺ガンになり、脳にもガンが転移して、昏昏《こんこん》とただ眠る人になってしまいました。ばあばは毎日病院に通って様子を見守りました。グランパも病院に通いましたが、萌那のママとおいたん（ママのお兄ちゃん）を連れて行くこともありました。萌那のママは三歳、おいたんは五歳でした。確か八月の中旬だったと思うけど、病院の先生から「しばらくこのままの状態が続くでしょう」と言われたので、グランパとばあばは、眠り続ける馬出ばあちゃんに向かって、「二、三日、熊本の両親の所に子供たち（つまり萌那のママとおいたん）を連れて行って来ます」と声をかけて、翌日から二泊三日で熊本のグランパの両親のもとに行ったのです。グランパのお母さんはパーキンソン病で外出はとても無理だったし、孫にとても会いたがっていたので、馬出ばあちゃんは何も分からず眠っているから二、三日ならいいかと思って、熊本に行くことにしたのでした。

三日後、グランパとばあばは子供二人を連れて、眠り続けている馬出ばあちゃんのもとへ行き、「今、みんな帰って来ました」と声をかけました。眠っているとばかり思っていた馬出ばあちゃんが「お帰り」と言ったのです。すると、何も分からず眠っているとしました。ばあちゃんは眠っているようでいて、何でも分かっていたのです。グランパはどきんとしました。それからみなでばあちゃんにいろいろと話しかけてみましたが、「お帰り」の一言以外、ばあちゃんは何も言いませんでした。そして、ほぼ一か月後の九月十四日に亡くなりました。馬出ばあちゃんが好きだった筥崎宮の放生会《ほうじょうえ》の頃でした。

いわゆる植物人間の状態になった人は、自分から発信する機能を失っているだけで、精神（心といったほうがいいかも知れません）はちゃんと働いていることをグランパはまざまざと教えられました。

馬出ばあちゃんについてはもう一つ忘れられないことがあります。

馬出ばあちゃんが亡くなってしばらく経って、馬出ばあちゃんがグランパの夢に現れたのです。寝ているグランパの枕元にばあちゃんは正座してずっとグランパに話しかけていました。わが娘、すなわちばあばをくれぐれもよろしく頼むと言っておられるようでした。グランパははっと目覚めたとき、夢を見たなどとは思えませんでした。枕元に今の今まで馬出ばあちゃんが居たとしか思えなかった。まざまざとそこにおられた生々しい存在感があったのです。

グランパはあとで気付いたのだけど、馬出ばあちゃんが、寝ているグランパの枕元にやって来て長い話をしたのは、馬出ばあちゃんが亡くなって四十七日か四十八日経った日だったのです。萌那は知っていますか。人は亡くなってもその魂は四十九日間はこの世にあり、四十九日経つとあの世へ旅立つのだそうです。昔から言われてきたこのようなことは、ある偉い坊さんが考え出したとかいうものではなく、おそらく人間の長い長い経験に裏打ちされたもののようにグランパには思えます。

親しい人が亡くなったとき、その人がもうこの世にいないという悲しみに人はうちひしがれますが、親しい間柄であればあるほど、その人の生前の姿・声は心から離れようがありません。すぐにあの世に逝《い》ってしまわれたのだとは思えないのです。しかし、それも五十日ほど経った頃には、つまり七日毎の供養も七回繰り返した頃には、悲しみに沈んでいた人も日常へと次第に引き戻され、亡くなった方はこの世のしがらみを離れ、霊魂の別の世界へ行かれたのだと思って納得するのではないでしょうか。グランパも知らず知らずのうちに、そのような人間の智恵が心の深いところに刻まれていたのでしょう。だって、グランパは馬出ばあちゃんが枕元に現れるまで、四十九日なんて特に考えたこともなかったのですから。

九　グランパのお父さんのこと

ばあばのお母さんの話をしたから、今度はグランパのお父さんの話をしよう。

グランパのお父さんは熊本県の警察官だった。グランパのお父さんは昭和二十年、戦争が終わって下益城郡城南町（現熊本市南区城南町）の実家に帰ったのだけど、農家の三男だったから家を出るしかなく（家は長男が跡を継ぐものでした）、警察官を募集していたので、それに応募して警察官になったということです（その辺のことは『母の家計簿』の中の「妻の思い出」に書かれています）。三十年ほど警察官を務めましたが、そのうちのほぼ二十年は田舎の駐在さんでした。御船《みふね》警察署管内の白旗《しらはた》、六嘉《ろっか》、大島駐在所に十数年、その後、小国署管内の中原《なかばる》、市原《いちのはる》、黒川駐在所に七年間勤務しました。それで、グランパは小学二年から中学二年まで南小国村という阿蘇の奥深い山村で少年時代を過ごしました。

グランパのお父さんは、駐在さんとしてなかなか評判のいい人でした。それはまず威張らない人だったということが挙げられるでしょう。自分がもともと裕福でもない百姓の子だという自覚があったので、村人の上に立つなどという意識はもとより持ちようがなかったのだと思います。

それから、公正の感覚がある人だと子供心にも思えました。どんな小さな村でも盗難があったり揉め事があったりして、村の駐在さんはその一つ一つに対処するのが仕事であるわけだけど、時には「駐在さんにえらい世話になった」といって、高価な贈り物が贈られて来たり、置いていかれたりすることがありました。そういう時、グランパのお父さんは、グランパのお母さんに「送り返してくれ」と指示していました。公務を果たしたことで私的な利益を受け取ることは決してするものではないという自己規律があったように思います。おそらく、それはグランパのお父さんが、そのお父さんから教え込まれたことではなかったでしょうか。グランパが小学生の頃、このおじいさんは私たち孫にも人としての道を説教する人でしたから。

右のこと以上に、グランパから見て、グランパのお父さんは特にこういう点がえらかったなと思えるのは、村人を出身とか知的な能力とかで差別することをしなかったことです。

駐在所は多くの人が出入りする所でしたが、世間的な基準で見ると普通ではない、ちょっと変わった人たちもよく来ておられました。

今でも思い出すのは、口をもぐもぐさせて何か声を発するだけで、言葉は語ることができないおじさんがよく来ていました。この人は鮎釣りにかけては名人と言われた人ですが、口がきけない故に、人並みには扱われていなかった。しかし、グランパのお父さんは一緒に釣りにも行き、おじさんの家もちょくちょく訪ねて行ってたようでした。そのおじさんがグランパのお父さんを慕っているのが子どもにもよく分かりました。グランパのお父さんが転勤した後、このおじさんは数十キロ離れた南小国まで大観峰を越えるバスに乗ってやって来たことがあります。おみやげは土のついたホウセンカ一株でした。何泊かされたのち、私たち家族に見送られ、バスに乗ってまた帰って行かれました。

グランパの子どもの頃は、ある部落の人たちを差別するという悪しき慣習がまだまだ残っていたように思います。しかし、グランパのお父さんは、あの部落の人間だから差別していいという考えはまったく持っていなかった。これは誰か偉い人から教えられたとか学んだとかいうものではなかったように思います。もう体質的なものだったでしょう。グランパのお父さんは、自分は百姓の子だという自覚をずっと持っていた人だと先に述べましたが、百姓も、裕福な大百姓もいれば小作の水呑百姓もいます。しかし、農繁期には近辺のあちこちの村から日雇いといった形でいろんな人を入れて一緒に農作業をやったそうです。いろんな人の手助けがなければ、農繁期は乗り切れなかったし、戦時中、長男、次男と戦争に取られていく中、少しでも手伝いに来てくれる人は実に有り難く思えたとグランパのお父さんは言っていました。そういう経験から、ある村人がどこの出身であるかなど、グランパのお父さんには意味を持たなかったのだと思えます（いつの時代にも差別意識を持つ人がいるし、一方、いつの時代にも差別意識をくだらないものと見なす人もまたいるということです）。

そんな人でしたから、おのずから村人の誰からも「よか駐在さん」として迎え入れられ、村人との交流を楽しみながら、仕事に精を出すことが出来たようでした。大島駐在所（現嘉島町）を離れるときには、村中総出と言っても誇張ではないほど多くの人が見送って下さいました。道の両側に人垣が百メートルも二百メートルも出来て、その中を家族六人、車に乗って村を出て行ったのは、小学一年生だったグランパには特別な気分を味わった忘れられない思い出です。

グランパのお父さんについて以上で終わりにすると、あまりに立派な人であったかのように思われかねないので、欠点の一つくらい書いておきましょう。グランパのお父さんは、村の人から譲ってもらったのが多いのでしょうが、犬と猫はもちろん、モルモット、ウサギ、ニワトリ、アヒルから、七面鳥、それにヤギまで飼っていました。いかにも動物好きのようですが、グランパから見るに、芯から動物たちをいとおしみ愛する人ではなかったように思います。自分で日々可愛がるというのではなく、とにかくあれこれ動物を飼ってみたかった人のようでした。ですから、毎日の世話は、女房や子どもに任せていました。

グランパのお父さんは『駐在巡査奮闘記』という本を残しました（グランパの書斎の本棚を探せば、まだ二冊だけ残っているのが見つかるでしょう）。グランパのお父さんが便箋に書いたものに、グランパとグランパのお兄さんの二人でいくらか手を加えて完成させた本ですが、これは、自費出版文化賞の佳作にも選ばれた、とても楽しい読み物です。昔の田舎の駐在さんがどういうものであったか、具体的によく分かります。いつか読んでみるといいでしょう。

十　肩書きのある人とない人

グランパは三十年以上、大学受験予備校の講師だったので、その間「○○塾予備校講師」という名刺を持っていました。一方、ばあばの家が保育園をやっていて、ばあばが園長になったとき、グランパは経営の責任者である理事長を引き受けなければならなくて、「社会福祉法人○○会理事長」という名刺も持っていました。

職業も様々の社会人が集まる会合があったとき、グランパは予備校講師として自己紹介をしました。すると、「ああ、塾の先生ですね」という反応をされましたが、後で、小さな集まりに分かれたときには、グランパは「社会福祉法人○○会理事長」の名刺を差し出して自分を紹介しました。すると、どうでしょう、名刺を見た人は小さな驚きと緊張の表情を見せ、グランパに対してぐんと丁重な態度に変わったのです。そのときグランパは、「理事長」の肩書きはなかなか威力があるなとおもしろく思いました。

七十歳のグランパは自分と同世代のご婦人と話したり、十も年上のおばあさんとお手紙のやり取りをしたりする機会がありますが、品格ある言葉遣い、しっかりした文章表現など、「実に聡明な」と内心驚きを覚える方々がおられます。このおばさま・おばあさま方の連れ合いの方々は社会的地位も築かれ、立派な肩書きをお持ちの人たちでありましょうが、これらご婦人方は「誰々夫人」ではあっても、特に何の肩書きも持っておられません。しかし、なかなかの人間的魅力を内に湛《たた》えておられます。

自分の両親、またばあばの両親のことを考えてみても、どうも女性のほうが人間としての心が深いようにグランパには思えます。男性のほうが広く社会に出て活動することが多い故に、一見人間として立派そうに見えるのですが、あまり表立つこともなく控えめにしておられるご婦人のほうが、ほんとうは何もかもよく分かっておられて、自分の夫の力量もよく見抜いておられるのではないかと思えたりします。

高学歴とか、社会的地位を示す肩書きとか、そういうもので人間の品定めをしようとする傾向が世の中には強くありますが、それは、人間に貼り付けられたそのような目じるしで人を区別するのが最も手っ取り早いからだろうとグランパには思われます。

就職試験においては、まずどこの大学を出ているかを見るのが一般です。そういう仕組みが続いているのは、大きく二つの理由からだとグランパは見ています。一つは、どこの大学を出たかでおよその能力を見て採用・不採用を決める、それでだいたいうまく行くということ（少しでも「はずれ」をなくすため、試験に何か別の工夫を取り入れてもいますが）。そして、もう一つの理由（こっちがより本質的な理由と思われます）は、採用した人間が会社のためによく働いてくれる人間かどうかを試験で見抜くのは極めて難しいからでしょう。人間をよく見定めるには半年や一年、ときには二、三年見る必要があります。しかし、そんな悠長なことはしておられないので、学歴を見るという手軽で便利な手続きで済まそうということになるのだと思います。

以上述べたことから、萌那も理解してくれると思うのだけど、学歴や肩書きは世の中で人を見るのに便利な目じるしであり、便利なだけに人はそれにとらわれてしまい、目じるしを見て、人を見たかのように思いがちなのです。グランパが萌那に望むのは、そんなレッテルにあまりとらわれすぎないようにしてほしいということです。

例えば、医師という肩書きの人と看護師という肩書きの人がいるとしましょう。世間的な序列から言うと、医師が上で、看護師は下のランクの人ということになりますが、もし萌那が医者になったとして、看護師を見下すような医者には決してなってほしくないとグランパは思います。医者はより高等な医学の教育を受けた人というだけのことです。患者の痛みや不安はよほど看護師のほうが分かっていたりします。人間にとって大切なこと、本質的なことは、学歴の高い人、肩書きが上の人が必ずしもより深く分かっているわけではないのです。

グランパは、数ある職業の中でも、医師という人たちに最も多く尊敬する人を見出しますが、その一方で、何をこの人は勘違いしているのだろうと思う医者もときどき見てきました。ただ医者である故に敬われて当然というか、人間として別格であるかのように思い込んでいる人です。しかし、ある見方からすれば、医者というのは、人間の体が故障したときの整備士に過ぎません（自動車が故障すれば自動車整備士が直してくれるように）。グランパは自動車整備士を軽んずる気も少しもありませんが、人間の体の整備士といってよい医者をただそれ故に崇《あが》める気もしません。

改めて言わなくても、誰もおよそ分かっていることだと思いますが、医者だから、大学教授だから、人間としてすぐれているとか立派だとかいうことはないのです。高い学歴であっても実に凡庸な、また品性の卑しい人が数多くいますし、肩書きなどなくても（世間的に高い肩書きは持っていなくても）感嘆すべきすぐれた人がいます。

どんな所にもすぐれた人が潜《ひそ》み隠れているものだということは肝に銘じておいたほうがいいし、表面的なことにとらわれず、人間をじっくりよく見ていこうという心構えをやはり持っておくことが大事だろうと思います。

十一　教師としてのグランパ

萌那が学校の先生になることも考えられないことではないので、グランパが先生としてどうだったかを書いておくことにしよう。いい先生であったとはとても言えないので、積極的に参考にすべきことはないと思うけれど。

グランパは大学受験予備校の講師を三十七年務めたのだけど、予備校というところは、普通の高校などとは違って、人気が求められる職場でした。予備校講師は芸人・タレントに近い職業だったのです。そういうところで、グランパはどうだったかというと、特に人気も出ず、はなはだしく不人気でもない、要するにぱっとしない講師でした。

鳴かず飛ばずで終わった原因を自分なりに分析してみると、原因の一つはやはり、話があまりうまくもなかったということでしょう。落語家の桂文珍さんは、自分の芸の技《わざ》として、まず客を見る（今日の客はどういう客層か）、そして、客に合わせる、その上で自分の側へぐいと引き寄せるといったことをインタヴューに答えて話しておられましたが、そんな名人芸ができるはずもなく、予備校でのグランパの九十分の授業は、前半はゆっくりペースだが、後半になると時間が足りなくなって、うろたえて早口でしゃべって終わる、このパターンを繰り返していました。話す材料を削るというか、もっと絞るようにしておけばよいものを、どうしてもあれもこれも話そうとする習癖から脱することができず、最後は、そんなに早く話されてはたまりませんと聴き手が思うような事態にしばしば陥っていました。

このように悪癖も直せず、故に、上手な話し手とは言えませんでしたが、一方、グランパは話す相手が一般の大人であれば、ひどく話し下手《べた》な人間というわけでもなかったのです。高校の先生方を相手に話すことがたまにありました。そういう場だと、グランパは受験生相手よりよほど気楽に話すことが出来ました。自分の話が聞き入れられている手応えもありました。

グランパは、予備校講師をやりながら、話す相手が受験生ではなく一般の大人であったら、九十分の講義ももっと盛り上げることが出来るし、まずまずの人気講師になれるだろうにとか勝手に夢想していましたが、六十五歳で退職して、ここ美奈宜の杜においてグランパと同年配の方々を相手に古典講義をやってみて、夢想ではなく、実際にそう出来ると自ら証明できたように思っています。

これで萌那もお分かりでしょう、グランパが予備校でうだつが上がらなかった一番の理由、それは、グランパは受験生というのが苦手だったのです。

なぜ受験生が苦手だったのか。そもそも生意気盛りの若者が苦手だったのか。いや、そうではなかったと思います。なぜなら、グランパがもし高校の先生や大学の先生になっていたら、高校生や大学生を苦手としたとは思えないのです。これからの自分の人生をどう方向付けて行くかを意識的に考え始める若者に向き合う気持ちはグランパにはあったのですから。

予備校生が予備校に来るのは、大学に受かるためです。いい大学に合格するというはっきりした目的意識があるのです。明確な目的がある人は、当然なことに、目的の実現に寄与することに打ち込み、目的実現に繋がらないことは極力忌避します。これは別の見方からすると、受験生（予備校生）は効率主義者だということです。

効率主義者の予備校生は予備校講師に何を求めるか。それは、試験で高得点を取る術《すべ》を要領よく教えること。必要なことを分かりやすく、そして最も肝心なことは、無駄がないということです。そんな生徒を集める予備校は、有名大学・一流大学の合格者数が看板です。高学歴を目指す価値観で貫かれています。

そんな予備校に勤めるグランパはどう感じ何を思う講師であったか。これまで書いてきたことからも、グランパが高学歴なるものに特に重きを置かなかったことは萌那もお分かりでしょう。予備校では毎年三月には「東大合格者何名・九大医学部合格者何名」などと大きく書かれた紙が玄関に張り出されましたが、グランパは予備校講師でありながら、そういうものに何の関心も興味も持ちませんでした。

予備校も長く勤めてベテラン講師にもなると、東大京大クラスとか医学部進学クラスといった成績上位クラスを受け持つことが多くなりますが、グランパは、困ったことに、この成績上位者たちが妙に苦手でした。優秀な生徒は教え甲斐があるのだけど、高学歴志向の強い生徒とは何か肌が合わないのです。生徒のほうも、この先生とは価値観が違うと感じるのでしょうか、シラッとした冷たい空気が教室に漂っていました。

グランパは、予備校生の中ではどちらかというと「はずれもの」の生徒と仲良くなったように思います。この「はずれもの」は二種あって、一つは、とびきり成績優秀でありながら、受験勉強からはみ出したところも持つ生徒であり、もう一つは、受験勉強から逃げ回って己《おのれ》の楽しい世界で遊ぶことばかり考えている、よって当然、劣等生の生徒です。六十歳で定年となり、それから五年間は非常勤講師となりましたが、その五年間は、国立大学に数名でも合格できたら万々歳という下位クラスだけを好んでグランパは担当しました。高校では勉強の仕方も面白みも分からなかった生徒が、予備校に来て目覚め、勉強に打ち込み、成績もぐんと良くなる生徒を見るのが楽しみでした。

こうしたこともあり、予備校の授業でいくらかの成果を残せた面もあったと思っていますが、基本的には、受験生が苦手な予備校講師でした。これは存在矛盾とも言うべきあり方であって、二十九歳の始まりから六十五歳の終わりまで、予備校という職場に馴染めなかった先生でした。それじゃあ、いやいや仕方なしに仕事をしたのと言われそうだけど、グランパはグランパなりに一生懸命にやったといえばやったのです。

グランパにとって救いだったのは、予備校はただ授業だけをするところではなかったことです。予備校は、自前のテキストを作り、模擬試験問題も何種類も作成していました。

こちらの仕事は、生身《なまみ》の生徒に向き合わなくて済むし、こちらをやろうとする人は多くはありませんでした。何といっても、予備校は授業をたくさんやって稼げるところであり、テキストや模試の作成は、根気のいる（授業以上に能力もいる）辛気くさい仕事であるわりには実入りはそれほどではなかったのです。ですが、この仕事はグランパに向いているように思えました。グランパが勤めていた塾の模擬試験は、問題も解説も高校の先生方に高く評価されていたように思いますが、その一翼をグランパは担っていたと、これは自信を持って言えることです。テキストも、グランパは、特に成績下位者、中位者に配慮したテキストを作りました。これも画期的なことであったでしょう。

テキストや模試の作成で実力が認められたことから、古文単語集・古典文法問題集などの作成依頼が出版社から来るようになりました。特に単語集はここ十年余り日本一の売り上げを誇っています。受験生不適応の予備校講師が、受験生に最も信頼される受験参考書を作ったというのは、我ながらおもしろいと思っていますが、詰まるところ、グランパはデスクワークが好きということなのでしょう。

予備校講師としては花がなかったこと、その原因なども自ら分析してみましたが、もっと根本的なところに原因があったようにも思います。一言でいうと、人間としての感化力のなさということです。生まれつき、周りの人間を動かさずにはおかないという人がおられますが、グランパは、生身の人間の心を変えてやろう、人を説き伏せようという激しい情熱に駆られたことがまずありません。友人たちと会話する場合も、たいてい聞き役に回る人間です。

人を発奮させる力といったものを教師たる者は持っているべきようにも思いますが、グランパは、七十歳になってもこの教育者の情熱というのがよく分からないままで終わりそうです。

ただ、萌那がもし国語の先生になりたいと思ったなら、是非この方に学ぶべきだという人がおられることは言っておきましょう。中学の国語の先生であった大村はまさんです。多くの著作があり（全集まで出ています）、その国語教師人生を描いた『評伝 大村はま』といった本も出ています。グランパのお兄さんは大学の先生でしたが、大村はまさんに深く傾倒し、教師としてのほんとうのあり方を学び取ろうとしていました。

教師というのは単純にかくあるべきというのではなく、おそらくいろんなタイプの人があっていいのでしょう。萌那も、中学・高校でいろんな先生に出会って、こんな先生になりたいと思う方がいたら、教師という職も考えてみたらいいのではないかと思います。

十二　読むことと書くこと

　萌那は絵本を何冊も買ってもらったり、市の図書館からママがたくさん借りてきたり、たくさんの本にいつも触れているけれど、グランパは幼児の頃に絵本なんて読んでもらった覚えもないし、少年時代にも家に子どもが読むような本はなかった。小学校の三、四年になって、グランパのお兄さんとお小遣いを出し合って、少年向けの月刊誌を買って読んだりしたのが、漫画を主とした雑誌であっても、本というものを楽しんで読むことの始まりでした。挟み込みの薄っぺらな付録「怪盗ルパン」がおもしろかった読み物として、挿絵も含めて、かすかに今でも記憶に残っています。初めての単行本の記憶は、学校の図書館から借りた本です。舞台はヨーロッパのどこかの国で、黒い花を探し求めるお話でした。果たして見つけることができるのかと、胸をわくわくさせて読みました。その本をきっかけに次次と図書館の本を読んだかというと、そんなことは少しもなく、同級生から読み終えた少年マガジン（週刊の漫画雑誌）を半年分くらいもらって飛び上がって喜ぶような少年でした。

「大人の本」を初めて自分の小遣いで買ったのは、中学三年か高校一年のとき、熊本の上通りの長崎書店の店頭に並べられていた本でした。書名は忘れましたが、ホンダを創業した本田宗一郎氏の本で、人生論みたいな本でした。たぶん書名に惹かれて、ふっと買おうと決心したのではないでしょうか。中身は、ちゃんと読んだかどうかも覚えていません。

ただおもしろいのは、自分の志向というものがそういうところにも現れているように思えることです。大学生になって一時期、グランパは坊さんの本ばかり読んでいました。高僧が語る人生観といった類《たぐ》いの本です。結局、大学では西洋哲学（倫理学）を専攻することになったのですが、人はそれぞれ好きなように生きればいいのか、いや、それとも、人たる者の道というものがあるのか、そんなことを漠然と考え、悩む青年になっていました。

グランパは今でも小説を好んで読みますが、それは、単にエンターテインメントではなくて、そこに描かれたある時代のある人物の生きるさまが、人間にはこんな生き方もあるのだという驚きを与えてくれるからだと思います。だから、グランパにとって、文学というのは終生付き合うべき大事なものとなりましたが、萌那は萌那の志向に添って歩んでいけばいいのであって、文学作品というものに濃密に付き合わなければならない義務も義理もありません。

要は、自分にはっとする驚きを与えるものを、人生のその時その時にしっかり求めていくというのが肝心なことではないかと思います。違う国・違う時代・違う分野に生きる人は、自分とは違う感じ方・考え方・捉え方をします。違うからこそおもしろいのだけど、おもしろいと分かるにはそれ相当の時間をかけなければなりません。そうなると、どの分野であれ、一冊の本にじっくり取り組むことが必要となるでしょう。そして、その時間こそ自分の時間なのです。本を読むというのは静かな時間です。スマホやパソコンに向き合うのとは違う、静かな自分の時間を持つ人になってほしいとグランパは思います。

次に書くことについて話すことにしよう。文章を書くことを言う前に、まず萌那には手でしっかり文字を書くことを続けてほしいと思います。これからますます電子機器が発達して、鉛筆やペンを使って手で字を書く機会が減ってくると思うのですが、十年、二十年、三十年と、手で字を書き続けないと脳は発達しないし、文字もきちんと覚えないと思うのです。グランパは年を取って、すぐに思い出せない字が多くなってきていますが、手で書こうとすると、不思議なことに書けたりします。手が覚えているという感じです。人間は手で道具を使いこなすことで発達してきた生き物ですから、手を使って文字を形作るという、こういう基本的なことは疎《おろそ》かにしないほうがいい。電子メールでばかりでなく、自筆の手紙もいつでも書ける人であってほしい（手紙なんて今は誰も書く人はいませんと萌那は言うだろうか）。

文学なるものに興味を覚えるようになると、たいがい小説の一つでも書いてみようと思うものですが、グランパも、高校生の時に、阿蘇の根子岳に友人数人と夜中に登った体験を書いてみたことがあります。原稿用紙で三、四十枚はあったと思います。自分の書いたものを読んで、すぐに悟りました、小説を書くなどということは特別の才能のある人がすることだと。

大学時代　グランパのお兄さんは読書感想文が入選して新聞に掲載されたり、懸賞論文に応募して入賞し、賞金を稼いだりと、なかなかの活躍ぶりでした。グランパは感心はしても、自分にそんなことが出来るとは思えず、負けじ魂がかき立てられるということもありませんでした。短歌に誘われたこともありましたが、上手に作る人に「うまいものだなあ」と感嘆の念を覚えても、そもそも歌に詠まずにいられないものが自分の胸の内にあるとも思えませんでした。このように、創作の意欲に燃えるといったことからは縁遠い人間でした。

三十歳頃に予備校の講師になって、グランパにとって書くことは、まず模擬試験の問題解説を書くことでした。現代文や古文の本文解説、次に設問解説（どうしてこの選択肢が正解か、また、いかにしてこの正解に導かれるか）です。四十代になると、受験参考書の解説書きが加わりました。単語の解説、文法の解説、和歌の解説、古典常識の解説、文学史の解説等です。これらの仕事は、グランパにとって、簡潔に分かりやすく書くことの鍛錬の場であったと思います。それともう一つ、いつもある程度の量を書かなければならなかったので、書くことを臆する気持ちがなくなっていったように思います。

予備校の仕事からほぼ身を引いた後は、河合文化教育研究所の依頼で若者向けに本を推薦する文章をいくつか書いたりしました（Ⅲ「高校生の萌那へすすめる本」参照）が、グランパにはこういうことこそ自分にふさわしい「書くこと」ではないかと思えました。つまり、現代の作品であれ、古典であれ、名作と言える作品を、自分がどう読み取り、自分の心にどう響いたかを中心に、人に分かりやすく伝えるという仕事です。

六十五歳で予備校を完全引退して後、ここ美奈宜の杜で古典講義を始めました。これをもとに、一般向けの古典入門書（『古典つまみ読み 古文の中の自由人たち』平凡社新書）を出すことが出来ました。「自由」というテーマのもとに日本の古典を紹介した本です。

グランパは最近たまに詩を作っています。ふっと思い付いたことを書いてみて、まずまずうまくまとまったかなと思ったら、新聞に投稿します（短歌や俳句の投稿欄はどの新聞にもありますが、産経新聞には珍しく「朝の詩《うた》」という詩の投稿欄があります）。幼い萌那のことを詠んだ詩を二つここに書いてみることにしよう。

一歳半の歌

一歳半になった孫
一日に幾度となく

ああーリョンリョン
と自分で作詞作曲した
歌を歌う
リョンリョンの音頭に
乗って両手を振る
リズムもふりも完璧だ
孫は天才ではないか
と一度くらい思って
みたかったじじばばも
気持ちが高ぶって歌う
ああーリョンリョン

ふざけ過ぎたせいか、この詩は落選して、新聞には載せてもらえませんでした。しかし、萌那はきっとおもしろいと思ってくれるのではないだろうか。一歳半の私ってこんな子だったんだ、グランパもばあばも歌い踊る萌那を見てこんなに喜んでいたんだとが分かって。
グランパは落選ばかりしていたわけではありません。次は入選した詩を見せることにしよう。

前のめりに走る

よちよち歩きだった
孫も足取りがいくらか
しっかりしてきた
でも気持が先走るのか
十数歩進んではすぐに
つんのめりそうになる
ゆっくり急げ《フェスティナ・レンテ》という
名言もあるがそんな

境地は君にはまだ遠い
躓《つまず》いてまた立ち上がり
思いっきり前のめりに
走るがいい
それは君の人生の
助走なのだから

こちらのほうが確かに出来がよさそうですが、所詮、素人の拙い詩です。そんな拙い詩をグランパがあえてここに披露したのは、言葉に表現することのおもしろみというものを萌那に分かってほしいと思ったからです。素人の手慰みにしろ、書いた当人にはささやかながら、ある達成感があります。うまく表現出来たとき、人は小さな喜びを心のうちに覚えるのです。そして、この詩を読んで萌那はちょっとにっこりしてくれたのではないだろうか。それは自分のことが描かれていることが大きいでしょうが、もしそうでなくても、つんのめりそうになりながら懸命に走ろうとする幼い子を頭に思い描きつつ、「人生の助走」なんて恰好いいじゃんとか思ったりしなかっただろうか。それはグランパのうぬぼれでしかないかも知れないけれども、言葉による表現は自分だけのものでなく、他の人に共有され、時には喜びだって与えることがあるのです。

私たちのほとんどは詩人にも作家にもなるわけではありません。しかし、そんな特別の人ではない、普通の人であっても、毎日の生活の中で、ある整った形ある表現というものをいつも心がけていったら、人生の諸事全般の味わい方もいくらか違ってくるようにグランパには思えます。人生をより深く濃く味わえるのではないでしょうか。

「書くこと」はいろんな形があります。今日あったこと・思ったことを日記という形で書くとしたら、時にはあの景色のすばらしさを表すにはどんな言葉・表現があるだろうと考えてみたらいいでしょう。日記は書かれた当時の記録にもなります。用件を誰かに伝えるときには、どう書くのが簡潔で無駄がなく正確に伝わるのか。ラブレターを書くとしたら、まず自分の胸の内の思いがどんなものかよく確かめなければなりません。本は読みっぱなしばかりでなく、たまに感想を書いてみると、自分が何を受け止めたか、何を考えたかの頭の整理になるでしょう。自分の考えに論理性があるかも確認できます。「書くこと」

の最も洗練された形としては、詩を書く・歌を詠む・俳句を作る・お話を作るなどの創作があります。グランパがたまにやっているように、萌那もそういう世界にちょっとだけでも足を踏み入れてみるのもいいかも知れません。創作者にならなくても、言葉の滋養はたくさん得られるでしょう。

十三　新聞について

萌那は高校生になって果たして新聞というものを読んでいるだろうか。ニュースだって若い人はインターネットニュースを見るばかりで、新聞を読む人は年毎に少なくなっていると聞いています。ということで、毎日家に配達される（これも将来存続するかどうか怪しいらしい）新聞を萌那が一枚一枚めくって読んでいるかどうかも分からないのだけど、これからグランパが書くことはネットの記事を読んだりする上でも少しは参考になると思うので、グランパが新聞についてどう考えているかを述べておきましょう。

グランパは中学・高校の頃、そう熱心に新聞を読んだ記憶はありません。大学生の頃から関心のある記事があると新聞に向き合うようになったように思いますが、一番よく読んだのは大学院生の頃です。グランパは大学院に七年も在籍し、多くの時間を図書館で過ごしました。図書館の地下のいつも決まった席で専門書を開いていましたが、朝から夕方までずっと専門書を読んでいるのはつらいので、昼食の後の三十分、ときには一時間、一階の新聞閲覧コーナーでいくつかの新聞を読んで息抜きをしていました。何か大きな事件があったようなときは、朝、図書館に行ってすぐ、新聞閲覧コーナーに向かいました。

数紙を比べ読み、気付いたことがあります。A紙が政治上また経済上の重大事として一面で取り上げていることが、B紙を見ると、どこを探しても取り上げられていません。また外国で起きている紛争についてのレポートでも、C紙とD紙では力点の置き方が随分と違います。新聞についてグランパが特に大きな疑問を抱くようになったのは、中国の文化大革命についての報道でした。新聞によって力点の置き方が違うどころではありません。事実そのものの押さえ方が新聞社によってひどく違うのです。

萌那が大学生にでもなったときでいいから、夏休みの一か月だけでも新聞を二紙（朝日と産経とか、読売と毎日とか）取ってみて毎日一時間くらい読み比べてみるといいと思います。ちょっとお金がかかるけど、いろいろと学ぶことがきっとあるでしょう。

新聞は実に様々のことを扱っています。政治、経済、外国事情だけではありません。スポーツ面があり、健康や医学に関する情報があり、日本や世界の各地の自然の紹介があり、思想や歴史を掘り下げたものもあります。グランパが必ず目を通すのは書評欄です。こんな本が出ているのかと、教えられたことがどれだけ多いことか。

ですから、新聞を読む利点はいくらでも挙げることができるのです（新聞を読む子は入試にも強いと謳《うた》っている新聞もあります）が、グランパはあえて「新聞を読むのはいい、しかし新聞に寄りかかってはいけない」ということを言いたいと思います。

若いときにギリシアの哲学者プラトンを学んだその影響なのだろうかと自分で思いますが、グランパはジャーナリストという人たちをあまり信用していません。結婚した当座のばあばに、「僕は新聞記者とかテレビのコメンテーターといった人種は基本的に信用していないんだ」と言うと、その当時は新聞とテレビに深い信頼を寄せ、何の疑問も持っていなかったばあばは奇異なことを言う人だと思ったそうです。

新聞の取り柄は現代性にあります。新聞人は現代の様々の事象を追いかけ、そこに意識が集中するせいでしょう、事象を見る眼も当然ながら現代的です。つまり現代的視点でものを見ます。現代的視点というのは、人権・平等・平和といった近代そして現代に至ってようやく勝ち取られた視点です。それはとても大事なものではありますが、グランパがいつも思うのは、それらは無条件に絶対善ではないということです。ヒューマニズムというものを絶対善として振りかざす人がいますが、それも人間重視の一つの見方でしかないとグランパは考えています。

新聞を読んでいて、ある特派員の書いた記事に感心することはあっても、社説など、新聞社のお偉い人の書いたものは大概つまらないと感じます。論説委員といった人たちはいかにも高い知性の持ち主のようでいて、時代を超えた高い見識があるとはグランパには思えないのです。端的に言うと、現代的価値観にあまりに縛られているように見えるのです。

現代人は現代人の価値観の枠組みの中にどっぷり浸《つ》かっていて、そこから少しも出られない故に、まことに不自由なものの見方・捉え方しか出来ないでいる。そう考えてみることもときには必要ではないかとグランパは思うのですが、新聞人の少なからぬ人は自分たちこそ古い因習を脱し自由にものを見、考えていると思い込んでいるように見えます。

右に述べた通り、グランパは新聞をそんなに深く信用していないのですが、新聞社をまるごと信用しなくても、署名記事を書く何人かには信頼を寄せています。結局、信じるに足るのは個人です。よき文章を書く個人です。どの新聞社にも少数だけど、とても優れた記事を書く人がいます。新聞を長く読んでいると、この人が書いたものは必ず読もうと思うものが見つかってくるでしょう。

グランパが言いたいことは結局、新聞にこう書いてあったからということで、それを後ろ盾に（必ずや正しい意見のごとく思って）人にものを言ったりはしないがいいということです。新聞を読んで世の中のことが分かった、分かっているなどと思ってはいけないということです。新聞を読んで何でも分かるくらいなら、学問など特にしなくてもいいでしょう。

グランパが萌那に万葉集やギリシア語を教えようと思っているのも、萌那に現代的価値観では括《くく》れない自然の捉え方や世界の見方があることを少しは知ってほしいと思っているからなのです。

十四　大学並びに学者について

萌那がもし大学に行くとしたら、それはグランパが行った大学とは随分と違ったものだろうと思うけれど、グランパは十九歳から二十九歳まで十一年間も大学に通ったので、大学というところ、及び大学の先生という人たちについてどう考えているかを語っておくことにしましょう。

グランパは熊本県立済々黌《せいせいこう》高校を卒業して一年浪人し（当時、済々黌は大学受験予備校を経て大学に行くのを「正常」と考えるおもしろい高校でした）、地元の熊本大学に入りました。そして、最初の教養課程の一年で大学並びに大学の先生に大いに幻滅を覚えました。グランパにはほとんどの講義がつまらないと思えたのです。毎年同じ講義ノートを使って一昨年とも昨年とも変わることなく、この馬鹿な生徒どもにしゃべらなくてはならないので仕方なくやっている、そんな印象を何人もの先生に持ちました。最も啞然としたのは、教壇に立ち、ではなく、椅子に坐り教卓の上に講義ノートを広げて話し始めた先生が、数分後目をつむって寝始めたことです。一、二分後目覚めて講義を続けられましたが、内に秘めた熱意も何もあったものではありません。

生き生きとした活気ある授業がなかったわけではない。倫理学の浜田義文先生の講義はとても魅力的で、グランパを哲学・倫理学という学問へ促す一つの推進力になったように思います。先生を知るにつれ、先生と自分とは「肌合いが違う」と感じるようになりましたが、先生には『若きカントの思想形成』という立派な著作があり、尊敬の念は変わらず持っていました（先生はグランパが大学三年のとき、東京の私大へ移っていかれました）。

グランパは大学一、二年の頃、京都大学教授の田中美知太郎氏の本をよく読んでいたので、ギリシア哲学というものに強い関心を抱くようになりました。大学三年になり、受講できる講座に「ギリシア語初級」があったので、すぐに受講手続きを取りました。申込者はグランパを入れて二人でしたが、一か月もしないうちに一人がやめました。受講者はグランパ一人となって、担当の宮内久光先生が「学生は君一人だから、大学ではなく私のアパートに来てくれないだろうか」と言われたので、毎週しばらく健軍（現熊本市東区）にあった先生のアパートへバイクで通うことになりました。若い奥様がお茶を出して下さったりしたのを今もうっすらと思い出します（先生がお亡くなりになった今も、八十歳になられた奥様にお手紙を差し上げたりいただいたりしています）。

今になって思うのですが、熊本大学に「ギリシア語初級」という講座がなかったら、そして宮内先生がギリシア語を教えて下さらなかったら、グランパの二十代はかなり違ったものになったことでしょう。熊本大学でギリシア語初級を学ぶことが出来たということがあって、次のステップ、つまり九州大学でもっと本格的にギリシア哲学を学ぶという道に進もうとも思ったのでした。

ここで教訓的に萌那に一つ言うとしたら、それは、やはり大学に行かないと学べないことが確かにあるということです。ですから、あそこの大学に行かないと、私の関心があるあのことは学べないと思えたら、大学はなるほど行く必要のあるところです。

九州大学大学院に進んで、松永雄二教授の指導を受けることになりました。松永先生は京都大学で田中美知太郎先生のもとで研究を深められた、田中美知太郎門下の俊秀です。松永先生のもとで五年ほどプラトンの原書の読み方を徹底的にしごかれました。プラトンの『国家《ポリテイア》』の一ページを読むのに十時間から十五時間の予習が必要でした。なぜなら、まずギリシア語原文を正確に読むために oxford の希英辞書をひたすら引く、次に英語の注釈書を読む、そして日本語訳も参考にしながら、英訳、仏訳も参照することも必要だったからです。目の前の一ページの前後をよく読んでおくことも当然求められます。これだけの準備をして演習に臨んでも、自分の読みが先生の読みのレベルにまで届いていたと思えることはごく稀にしかありませんでした。先生は演習参加者一人一人に問いを発し、自分の読みの甘さに気付くことを求められました。そんな対話を通して、これが最もよい読みであろうと思われる地点に達したとき、グランパはいつもある種の爽快感を覚えました。なるほどそう読むのだと心から納得出来るのです。そこには、先生の読みに負けた屈服感も敗北感もなかったと言っていいでしょう。

古典を自分が読みたいように読んではならないことを学んだ五年間でした。これがグランパにとって大学に行ったことの意味であり、それはグランパにとって宝だと思っています。プラトンはどう読まれるべきか、それを一字一句疎かにせず教えることの出来る先生は、おそらく日本に数人とおられないでしょう。そういう稀に見る鍛錬を受けたことは、大学というものの存在意義をグランパに確信させるものです。

以上述べてきたことから萌那も分かるように、グランパは大学へ幻滅を覚えもし、また大きな恩恵の念も抱いています。ただ数ある大学の先生に対し、感謝の気持ちを持ったのは限られた方々であり、がっかりさせられることのほうがずっと多かったと言えるでしょう。熊本大学での幻滅をもう少し書いておきます。

大学に入って、教師の資格くらい取っておかないと後々食べてもいけないだろうと考えて、教師になるには必須の「教育原理」と「日本国憲法」を受講しましたが、どちらもがりがりの左翼思想に固まった人の講義で、やたらに個人的信条をまくしたてる授業はグランパには劣悪としか思えませんでした。「教育原理」や「日本国憲法」は教育学部の教官が担当しており、教育学部という所は教官の質も低いのではないかとまで臆測しました。必須単位を取るために彼らの話を十数回聴くのは想像するだにぞっとする思いです。教師への道が閉ざされるのは困ったことでしたが、妥協の余地はありませんでした。

グランパは自分が所属する法文学部（文科）の先生にはこれほどの忌避感を持つことはまずなかったように思います。特に哲学の先生方には「えらいもんだ」という気持ちがありました。近代哲学の先生方は得意不得意の差はいくらかあっても英独仏の三カ国語がお出来になりますし、グランパにギリシア語を教えて下さった宮内先生は中世哲学がご専門で、ラテン語は自家薬籠中の物です。哲学の原書が読めるようにならなくては話にならないという焦燥感を持っていたグランパには、原書を読みこなせる先生方はもうそれだけでも尊敬の対象でした。

このように、大学の先生について語ろうとすると、否定と肯定の感情が織り混ざるグランパですが、萌那がグランパに「結局のところ、グランパは大学の先生になりたかったの」と尋ねるなら、「なりたいと思ったけど、ならなくてよかったのではないか」というのが答でしょうか。

大学院の哲学科に進むということは大学の哲学の教師になることしかまともな就職の道はありません。しかし、グランパは語学や論理的思考力という能力において、また自分の資質が西洋哲学研究を生涯の仕事とし得るかという志向性において、これは無理だと判断し、博士課程の途中で国文学の勉強を始めました。

たまにグランパは夢想することがあります。初めから哲学科などに行かず、国文学を選び、大学院でも国文学を専攻していたら、大学の国文学の先生になっていたのではないかと。負け惜しみでも何でもなく、国文学一筋の道をたどっていたら、あまりぱっとしなくてもたぶん研究者のはしくれくらいにはなっていたでしょう。しかし、結果的にならなくて（なれなくて）よかったように思えます。

実際に大学の教師・研究者になっている人たち、また学者という人たちを間近に見てきた人たちから、大学はよき職場であるとか、大学の先生方は優れた人格者の集まりであるとか、そういうことを聞くことはめったにありません。

グランパが予備校で教えた生徒が某私立大学の国文学の准教授になっていますが、先輩教官の圧迫、同僚間の妬《ねた》み嫉《そね》みなど聞けば聞くほどどこんな世界に身を置きたくはないと思います。グランパのお兄さんが大学教授になったので、教授会がどういうものかといったことなども聞かせてもらいましたが、教授の特権にしがみつき、どんな改革にも耳を傾けない人が一人、二人ではないなど聞くと、誰がこのメンバーの一員になりたいと思うでしょう。ばあばの友だちに国立大学の図書館の司書を長く務めた人がいます。彼女が放った一言は痛烈です、「大学の先生というのは要するに専門バカ。多くは普通の社会では通用しないような人たちです」と。

これら話に聞く大学の先生に比して、グランパが長年勤めた予備校の講師という人たちはどうだったでしょう。予備校の講師には、どこか他所《よそ》で挫折して予備校に来た人が少なくなかった。グランパもその一人です。哲学の勉強で挫折したので、予備校で働くことになったのです。そんな人たちにはある良さがありました。つまらない世間的プライドがなかった。世の中で社会的地位をしっかり確保して生きていくことを一度、断念放棄した人間の潔《いさぎよ》さと言ったらいいでしょうか。予備校講師の多くは生徒の人気を取ることに齷齪《あくせく》していました（グランパも生徒による講師評価をまったく意に介しないほど「大物講師」でもありませんでした）が、潔い人間が何人かいることが職場環境を軽やかにしていました。それにまた、予備校講師の中には文句なく大学教授のレベルを超える力量を持つ人もいたのです。

大学の先生について総括的なことを言うと、二種類の先生がいるとグランパは見ています。一つは、四十代、五十代になっても伸びやかに研鑽を積み重ねておられ、深い専門的知識はもちろん、人間をまた世界を幅広く深く見る見識を備えておられる先生です。もう一つは、二十代、三十代は研究に励まれたのでしょうが（その結果、大学人の地位も得られたのでしょうが）、その後は研究に新たな展開もなく、二十代、三十代に獲得した専門的知識の中でただ生きておられる先生です。前者の先生に出会えれば、学問をすることの喜びを知ることができるに違いありません。後者の先生に出会ったら、ご自身がすでに学問に退屈しておられるのですから、喜ばしい新たな発見もなかなか期待出来ないでしょう。

以上の文章を読んで、萌那は大学という所に行こうという気持ちになっただろうか、いや、行かなくていいという気持ちになっただろうか。どちらの気持ちにもなったのなら、グランパのこの文章は意味があったということになるでしょう。

十五　ばあばのこと（結婚について）

いつも陽気なばあば、時には萌那を真剣に怒ったりするばあば、この人とグランパはどうして結婚することになったのか、萌那に話しておくことにしようか。

グランパは二十代も後半になっても大学院の学生でした。奨学金の月七万円と年金暮らしの親からのわずかの送金、それに家庭教師の収入で暮らしていた。男の独り身としてはそれで特に困ることもない生活でした。

グランパが家庭教師をしていた娘さんがめでたく神戸の大学生になって、夏に帰省されたとき、遊びに来ませんかということで、グランパは久し振りに家庭教師をしていたお宅を昼間訪ねました。娘さんのご家族とよもやま話をしていると、そこに一人の女性が訪れて来ました。おばあさまが「まあ、おめずらしい」とか言って迎え入れ、彼女もよもやま話に加わることになりました。グランパはちょっと素敵な女性だなくらいの印象は持ちましたが、たまたま出会った（その場限りの）人としか思いませんでした。

その日の夜だったか翌日の夜だったか、元家庭教師先の奥様から電話がありました。「家で会ったあの人とお付き合いしてみないか。彼女はあなたのことをとても気に入っているみたいだから」と。「お付き合い」の先には「結婚」があるわけで、文学部の哲学科に在籍して、就職の当てもなく、将来に何の見通しもないグランパには、「では、おすすめに従いまして」とはとても言えませんでした。が、「とにかくもう一度会って話をしてみたら」と奥様に言いくるめられて、彼女（後《のち》のばあば）とまた会うことになりました。そうやって「お付き合い」が始まったのですが、後で聞いたところでは、グランパが元家庭教師先を訪ねたときに、彼女がやって来るよう、前もって話し合われていたそうです。つまり、グランパは何にも気付かないうちにお見合いをしていたのでした。

会ってはたわいのない話ばかりしていたように思いますが、お互いに相性がいいというか気が合うのがすぐに分かりました。グランパが何よりも強く感じたのは、会う毎に彼女がグランパのことをとても好きだと思っていることでした。グランパはどうだったかと言えば、デートに一度、彼女が着物姿で現れたことがあって、「ええ女だなあ」と心がくらっとしたといえばしたことがありました。

次第に「結婚」ということを考えるようになりましたが、困ったことは、グランパの稼ぎのなさです。今ないだけでなく、将来も稼げるめどが立ちそうにありませんでした。グランパは二十九歳のとき予備校で週一日教えるようになって、奨学金はなくても、自分が生きてゆくだけの収入は得られるようになりましたが、女房を養うどころではありません。

そんな自分が結婚などしていいものかと、随分と結婚に躊躇《ためら》いを覚えつつ、結局、結婚することをグランパが決意したのは、一言でいえば、彼女の覚悟に心打たれたからということになるでしょう。これは、萌那がいずれ結婚ということを考えるようになったとき、もしかしたら参考になるかも知れないから、正直に、どのようにグランパが心打たれたかを書いておきましょう。

まず、彼女は、グランパに仕事がなくても自分が養っていけばいいと腹をくくっているようでした。それだけでもたいした覚悟ですが、グランパは彼女に、「この女《ひと》は、いざとなったら、自分を犠牲にしてもグランパのことを守ろう」と覚悟しているなと、はっきり感じ取ったのです。結婚は二人だけの合意であり、契約ですが、世の中で行われる契約の中で、非常に特異な契約だと思います。何が違うかと言うなら、普通の契約は利害が合致し、条件も整えば、契約成立ということになるでしょうが、結婚という契約は、「この男のためなら死んでもいい」「この女は命がけで守ってやる」という命を張った覚悟があって初めて成り立つものではないかとグランパは思います。一時的であれ、そのような強い感情が相手に対して生まれなくては出来るものではないのが結婚ではないかと思うのです。何しろ、結婚したら、寝起きを共にする間柄になるのですから。

稼ぎのない男との結婚など萌那にすすめる気にはとてもなれないけれど、ばあばが若いときグランパに対して持ったような覚悟があるかどうか、それが、結婚というものにおいて核心となることではないかと思います。

グランパは結婚して数年は、ばあばが働き（実家の保育園の事務職員となった）、グランパは週に一日か二日、予備校へ仕事に行く他は、家か大学の図書館で本を読むような生活をしていました。女房に養ってもらう身の上は、男として何やら尻のこそばゆいものでしたが、予備校の仕事も少しずつ増えて、三十五歳になったとき、女房に月三十万の稼ぎを渡すことができるようになって、グランパはやっと社会人として一人前になった気がしました。

萌那はグランパとばあばとずっと一緒に暮らしてきて、ばあばがどんな人か肌身で分かっているだろうが、グランパから見て、ばあばという人は、今の時代にはちょっと珍しいタイプの女性であろうと思います。

随分以前、ばあばと一緒にタクシーに乗ったとき、運転手さんから「失礼ですが、お二人は夫婦ですか」と尋ねられたことがあります。親しく話しているので夫婦のように見えるが、奥さんが旦那に敬語を使っているのは普通ではない。いったいこの男女はどういう関係にあるのだろうと思って、運転手さんは訊《き》いてこられたのでした。この挿話で分かるように、ばあばはグランパに対して敬語を使うのを当たり前にしていました。ばあばは男女同権とか男女平等とかいうものを今風な薄っぺらな思想としてきっぱりと忌避する人でした。

それでは、グランパは殿として家で君臨していたかというと、少しもそんなことはなく（萌那のママは「お父さんはお母さんに大事にされ過ぎている」といつも言っていますが）、三十代前半のグランパはたいして仕事もなく暇でしたから、最近はやりの夫の育休を先取りしたかのように、子ども（萌那のおじさんとママ）とはよく遊びました。子どもが夜泣きをすればすぐに起きて対応したのはグランパでした。子どもをお風呂に入れるのもグランパの役割でした（ばあばは熱湯《あつゆ》が好きなので、ばあばと一緒にお風呂に入るのは子どもにとって地獄の責め苦なのでした）。

そんなこんなで、グランパとばあばは協力し合って、四十年余りやってきました。

萌那にいずれよき人生のパートナーが見つかることをグランパは心から願っていますが、それらしい人が目の前に現れてきたとき、ずっと連れ添って生きていける人か、やはりよく品定めをすることも願ってやみません。男女の結びつきを深め決定づけるものは、好きという感情の高まりに他なりませんが、昂揚した感情の中でも、自分はこの人に敬意を持ち続けることができるか、この人は自分を本気で大切にしようと思っているか、自らに問うてみることもどうかお忘れなく。

最後に結婚に関して一つ付け加えるなら、品定めは、所詮、人間のすることですから、万全とは限りません。失敗するかも知れません。失敗したと思ったら、新たな次の人生を考えることです。一度失敗しても、失敗から立ち直るしぶとさというものも人生においては欠かせないものです。それは結婚に限りません。

十六　グランパの故郷

グランパは小学二年から中学二年までの七年間を熊本の阿蘇の南小国で過ごしました。グランパのお父さんの転勤によるものです。暮らしの場が、熊本市近郊の農村地帯から山間の僻地に移ったのです。このことは、グランパという人間が形成されるのに、少なからぬ影響を与えたと思っています。少年時代を南小国で過ごさなかったら、グランパはかなり気質の違った人間になっていたように思うのです。

「師の薫陶を受ける」といったように使う「薫陶」という言葉があります。この言葉はもともと「香をたいてかおりをしみこませ、粘土を焼いて陶器を作りあげる意」だということですが、まだ柔らかい粘土であった少年のグランパは、南小国の香りをたっぷり吸い込んで焼かれた——釉《うわぐすり》を施されて焼き上げられるまでは至らなくても、生地《きじ》は作られたように思います。そういう意味で、グランパは南小国という風土に薫陶されたのです。

六十数年前（昭和三十年代）の小国は文字通り僻地でした。引っ越し荷物をトラックに乗せ、初めて大観峰を越えて行くときは、運転をちょっと誤れば真っ逆さまに谷底に落ちそうな道を、車がよくも行くものだと怯《おび》え、深い森の中のくねくねした道を延々と下りて行くときは、この向こうに果たして人が住んでいるのだろうかと不安に駆られました。

人はもちろん住んでいました。次第に馴染んだ村の人たちは、熊本市近郊の人たちに比べて、気性がやわらかでした。粗野で激しいところがなく、おっとりと穏やかな人たちでした。言葉も、熊本弁というより大分弁で、やさしくておとなしいのです。子供心におもしろいと思ったのは、駄菓子屋などのお店に入るとき、子どもは（大人もだったか）「おごめん」と言うのです。「ご免下さい」の「ご免」に更に「お」が付いたのでしょう。こんなところも何か奥ゆかしい感じがしました。

小学二年だったか三年だったか、グランパは通信簿に「言葉が荒っぽいところがある」と書いてあったのを覚えています。子どもに野卑も上品も分かるわけがなく、少年のグランパは、熊本市近郊に住んでいるときは、周りの友だちに合わせて皆が使っている言葉を使っていただけだと思うのですが、南小国では私の使う言葉は「荒っぽい」と見なされたのです。こんな言葉遣いにも現れている、南小国という土地が持つやさしさ・やわらかさは、七年の間に私のうちにいろいろな機会に染み透っていったのだと思われます。

南小国村の人たちが私に与えた影響以上に大きかったのは、僻地の自然でした。少年時代の七年間、南小国が僻地であったが故に、おのずから濃密・濃厚な自然との触れ合いの中で日々を暮らしたのでした。

小学校の同級生には、クラスに一人だけでしたが、家に電気が来ていない子がいました。その子は山奥の一軒家に住んでいて、学校までの距離があまりに遠いので、平日は親戚の家に泊まり、土曜午後に家に帰るのです。家にいるときは、ランプ磨きが自分の仕事だと言っていました。グランパたち同級生数人は日曜日に彼の家まで遊びに行くのが大きな楽しみでした。今でいうホットケーキみたいなものを食べさせてもらった記憶がありますが、電気もガスもないのですから、もちろん竈《かまど》に火をおこして焼いてくれたのです。グランパが今でも山吹の花が大好きなのは、彼の家に行く途中、道ばたの崖に群生していたあの黄色い花が忘れられないからです。

同級生の中には果樹園を営んでいるお家《うち》がありました。林檎も作っておられましたが、その頃はまだ梨が主だったのか、「梨園《なしえん》」と僕らは呼び習わしていました。山の斜面を梨の白い花が一面に覆った景色は、それは美しいものでした。小中学生ではあまり役に立たなかったのだけど、摘果や袋掛けもたまには手伝い、収穫の季節になると梨が食べ放題です。一部傷《いた》んで売り物にならない梨をバケツにたくさん入れて、傷んだところを包丁でスパスパ切り捨て、お腹いっぱい食べられるだけ食べました。その甘くてうまかったこと、うまかったこと！

山ばかりの村ですから、一歩足を森に踏み入れれば、いろんな昆虫を捕らえることが出来ます。カブト虫などを捕まえて遊ぶのは小さな子のすることで、小学生も上級生になると、いかに立派なクワガタを持っているかが男の子の自慢でした。学校の休み時間には自分のクワガタを取り出して、闘わせることをよくやっていました。

遊びで最も多くの時間を注いだのは川釣りです。小学校とわが家である駐在所との間に橋が架かっていて、その下の川には五十メートルくらいにわたって針金で縛られたたくさんの石（カボチャくらいの大きさの石）が川の片側に並べられていました。堤防が崩れるのを防ぐためのものだったのでしょうが、この石と石の間にドンコ（ハゼの一種）が隠れているのです。ドンコ釣り用の長さ一メートルほどの竿を用意し、釣り糸はわずか十五センチほどで、先に釣り針を付け、餌はミミズです。一時期このドンコ釣りに夢中になって、学校から家に帰るとすぐに橋の下に向かっていました。釣られたドンコは晩ご飯のおかずになりました。

グランパのお父さんとお兄さんと一緒にバケツを持って、一時間ほど川の上流まで歩き、アブラメ釣りをしたこともありました（上流のほうがよく釣れるのです）。アブラメは六、七センチの小魚で、ご飯粒でもよく釣れました。一人で七、八十匹は釣ったでしょう。これも母の手によって甘露煮となり、食膳に上《のぼ》りました。

夕方に川に行き、釣り針に餌を付け、川の深いところに釣り糸を投げ入れておき、翌朝早く川に行って、魚がかかっていないか見に行くということもやりました。朝露に濡れた畦道《あぜみち》を急ぐときには、もしかして大物がかかっていはしないかと胸がドキドキです。期待は裏切られることが多かったのですが、見事、期待通りのことが起こったこともありました。釣り糸がピンと張っていて、リールを回すとものすごい手応えです。釣り上げようと必死になっていると、後から様子を見に来たグランパのお兄さんが「おまえには無理だ。

俺がやる」と言って、竿を奪い取り、釣り上げました。大きな鯉でした。グランパのお兄さんは、要するに、自分が釣り上げたかったのでしょう。グランパはとても悔しい思いがしましたが、力関係で何も言えませんでした。

川釣りの餌にはドングリ虫がよく使われましたが、これは子どもでも作ることが出来ました。たくさんのドングリの実と赤土を半々くらいに混ぜて缶に入れ蓋をしてしばらく置けば、ドングリの実からドングリ虫が生まれて来るのです。サバの頭でも中に入れておくとより早く出来るとか言われました。このドングリ虫は釣り道具屋さんに持って行くと、二匹で一円だったか、買い取ってくれました。友だちと一緒に持って行って、ささやかな小遣い稼ぎをしたことも一度か二度ありました。

小国は冬には年に二度くらいは、二、三十センチ積もる雪が降りました。そんなとき学校は休みになります。田圃で思いっきり大きな雪だるまを友だちと作ったりしましたが、少年のグランパが一人励んだのが雀捕りです。雪を掻き分けて黒い地面が見えるようにし、そこに馬の尻尾《しっぽ》の毛を使った雀捕りを仕掛けました（馬の尻尾の毛はグランパのお父さんに頼んで馬車曳《ひ》きさんから手に入れてもらいました）。一面雪に覆われると、雀は餌探しに必死ですから、黒い地面と捕獲わなに付けられた稲穂に群がって来ます。おもしろいように、何羽もまとめて捕れました。あの頃は雀の命など何とも思っていなかったので、焼き鳥となって少年グランパの御腹《おなか》に収まったのでした（今は毎朝、庭にやって来るかわいい雀たちに餌を撒いているグランパですが）。

グランパのお父さんが親しくしていた馬車曳きさんは冬場は猟銃を持って山に入る人でした。馬車曳きさんの背中を見ながらお父さん、お兄さんにくっついて雪の山歩きもしました。猟銃が鳥に向けて照準が合わされるときには、銃を手にしていない自分も強い緊張を覚えました。

このように春夏秋冬、自然の中で暮らしていた生活は、中学二年の三学期、いきなり終りを告げられました。グランパのお父さんの熊本市内への転勤が決まったのです。三月末に南小国を出るときの心境は、桃源郷から引き剥がされるような気持ちとでも言ったらいいでしょうか、胸はせつなさでいっぱいでした。

八歳から十四歳まで過ごした南小国、ここで培われ養われたものは、後々の自分に、自分自身でも意識しないままに、あり方・生き方を方向付けたように思われます。高校で山岳部に入ったこと（自分から進んで入部したのではなく、先輩に誘われてであったけれど）、大学で文学部を選んだこと、そうして今、山の斜面の見晴らしのいい所に住まいを構えていること、いずれも、自分の中にある南小国のなせるわざなのかも知れないと、今は思ったりしています。

萌那がもう少し大きくなったら南小国に連れて行きたいと思っています。グランパが通った小学校、中学校を見せてあげよう。校舎は昔のままではないけれど、場所は変わっていません。「梨園」は今は「林檎の樹《き》」という喫茶店となっています。萌那が大人になって一人で、もしくは二人で訪れるのもいい、アップルパイのおいしい素敵なお店です。

十七　みんないっしょがいい

萌那がこの文章を読む頃、グランパとばあばは生きているだろうか。グランパのお兄さん、グランパの妹はどうだろうか。誰もがみんな健在というわけにはおそらくいかないだろう。生きていても弱々しくて、もうあまり頼りにならない人になっているかも知れない。グランパとばあばがこの世からいなくなったら、萌那はママしか頼れる人がいないと思うかも知れないが、そう思い込まなくてもいいことを言っておきたいと思う。

萌那にとって一番の親族は、萌那が大好きな「おいたん」であることは間違いありません。何といってもママのお兄さんなのだから、萌那のことをこれからもずっと心にかけてくれるでしょう。萌那にとって唯一の従兄《いとこ》はおいたんの子どもの孟大《はると》だけど、年上の男の子だから、そんなに仲良しにはなれないかな。でも、おいたんと一緒に、時々は会う機会があるといいなと思っています。

萌那にとって頼りになりそうな女の子といったら、ママの従姉《いとこ》の悦ちゃんの子ども、萌《ほ》乃《の》ちゃんと芽生《めい》ちゃん、それに同じく、ママの従兄の弘毅さんの子ども、悠子ちゃんがいます。みんな年上のお姉さん（萌那が中学生のときは大学生で、高校生のときは社会人）だけど、萌那が頼りにしていることが分かったら、先輩としていろんなことを教えてくれるでしょう。親族（身内）という意識はこれからますます薄らいでいくのかも知れないが、親や祖父母で繋がっている者同士が助け合えるところは助け合っていくというのは、人間の昔からのあり方としてごく自然な姿ではないかとグランパは考えています。

年上のお姉ちゃんにはまた、ママが信頼する友だちの子どもたちがいるでしょう。萌那は小さいときからよく遊んでもらっているから、これから小学校、中学校、高校と進んでいく中でも、遠慮なくお話が出来るのではないだろうか。お姉ちゃんたちが先に知ったいろんな世界を萌那にきっと見せてくれることでしょう。

人と心の繋がりが出来るかどうかは、まず自分の心のあり方が問われるように思います。人は自分を支えてくれる人を必要とする生き物である故に、支える力になってくれそうな人は自ら求めていくというオープンで素直な心を持っていることです。そうすれば、萌那を助けてくれる（萌那のほうからいったら頼ることが出来る）人は何人もいることになるでしょう。

一方で、萌那がこれから大人になるに当たり、厳しいことも言っておかなくてはなりません。萌那は誰かにずっと守られる人であってばかりではならないのです。大人になるということは、誰かに守られる人から、自らが誰かを守る人にもならなければならないのです。

例えば、萌那が学校の先生になったとします。萌那が授業をしている教室に、暴漢が侵入して来たら、萌那はどうしますか。女であっても、生徒を置いて逃げるわけにはいかないでしょう。どんなに萌那が非力でも生徒を守ろうとしなければ教師でも何でもありません。

家に強盗が入ったら、主婦であろうと、子どもだけはきっと守ろうとするでしょう。電車の中で痴漢に襲われたら、まず自力でわが身を守る努力を精いっぱいやらなくてはなりません。

日常は当たり前のようで、一瞬に根こそぎ壊される危険に満ちています。事故も災害も、そして戦争だって起こるかも知れません。そんな危険と背中合せに人間は生きてきたし、これからだって少しも変わらないでしょう。ですから、まず自分を、そして周りの他の人をも守れる人間がどうしてもいなくてはならないのです。

あまり大きいことは言わずに、萌那にはまずママを支える人になってほしいとグランパは思います。萌那のママはそんなにしぶとくたくましい人でもありません。萌那が頼りになる娘になったら、ママはどんなにか心強く思うことでしょう。

萌那はママとお出かけの時などに、口癖のように「みんないっしょがいい」と言います。グランパやばあばを家に残さず、みんな一緒に出かけるのが嬉しいのです。グランパもばあばもずっと一緒に萌那と毎日を過ごしていきたいと強く思っています。しかし、そうはいかない日がいずれ来るでしょう。だから、萌那は新たに萌那を中心にした「みんないっしょ」を創っていかなくてはならないのです。

萌那が七十歳、八十歳になったら、天国のグランパに語りかける『萌那よりグランパへ』を書いてほしいと思います。萌那の人生はこうだったよとグランパに教えてほしい。それはまた萌那の孫たちに残す言葉になるだろう。萌那が健やかに精いっぱい己《おの》が人生を生きてくれることをグランパは心から祈っています。

Ⅱ　私の少年時代

「グランパより萌那へ」の中に私は「グランパの故郷」という文章を書きましたが、書き終えてしばらく経つと、少年時代の思い出はまだ次次と涌き上がってきます。そこで、小学生・中学生であったわが姿を思い浮かべつつ、懐かしき日々のことを引き続き語ってみることにしました。

一　阿蘇への引っ越し

小学二年生の私は、警察官であった父親の転勤により、熊本市近郊の農村地帯を離れ、阿蘇郡南小国村の中原《なかばる》という山間部で暮らすことになりました。周りを見渡せば杉の山ばかりです。その中に村人の家々とわずかばかりの畑と田圃が広がる小さな村でした。集落の中心を川が流れ、川のすぐ近くに小学校がありました。その小学校の隣が私たち家族の住む駐在所でした。

この中原には父の軍隊時代の小隊長（陸軍中尉）であった下城今朝一《けさかず》氏が住んでおられ、すぐに駐在所を訪ねて来られました。下城小隊長は部下を厳しく叱責するような上官では少しもなかったそうで、父は大変な親愛の情を抱いていました。子どもの私にも、放胆さとやさしさとを合わせ持っているような不思議な魅力ある人に見えました。三男の至《いたる》君が私と同級ということもあり、下城家は私が大学生になっても泊まりがけで遊びに行く家となりました。

父は駐在巡査として赴任するその先々で、村の少なからぬ人と親密な関係を結びましたが、中原で忘れられないのは麻生農喜夫《のぎお》夫妻です。小学校前の川に架かる橋を渡るとすぐの所に麻生夫妻の家がありました。この家で明るい照明のもと皆が談笑する光景がくっきりと思い浮かびます。私たち家族全員夕飯にお呼ばれでもした夜だったでしょうか。

夫妻には二十歳に近い娘さんがおられました。後々、兄修志が中学一年のときに足の指を骨折して公立小国病院に数日入院し、母が看病で病院に泊まり込んだときには、この娘さんが家事手伝いに来て下さいました。このようにいつも親切の手を差し伸べて下さるご夫婦でした。

中原にいるときに届いた郵便物で、母がとんだ勘違いをしたことがありました。母の父と兄四人は昭和三年にブラジルに移民し、兄二人は戦前に、父は昭和二十四年にブラジルで亡くなっていましたが、戦後は二人の兄夫婦としばしば手紙のやり取りをしていました。日本がまだまだ貧しかった昭和三十年代後半、ブラジルは景気がよかったようで、現金が送られて来ることもありました。母は日本円に交換すると数倍になると言って喜んでいた姿を覚えています。

ある日、母宛にブラジルから手紙でもお金でもなく一枚の男の写真が送られて来たのです。額に入れて鴨居の上に飾る遺影といったふうのものでした。母は男の写真を見ても何の心当たりもありません。そこで、これは間違って届いたものだと思い、中原には武田姓が二、三軒あったので（歌手でタレントの武田鉄矢氏のお母さんも南小国出身です）、そちらに問い合わせてみました。どなたも心当たりはありません。母はよくよく考えてやっとその写真が自分の実父の写真だと思い至りました。母は六歳で父親とは生き別れになったままですから、父親の顔など覚えているはずもなかったのです。ブラジルの伯父が、千代子（母の名）は親父の写真も持っていないだろうと考えて送ってくれたのでした。よく見れば、目元、頬など面差しが母に似ていました。

中原小学校は小さな小学校でしたが、運動場は子どもの目には随分と広いように思えました。というのも、広いと感じた経験が二つあるのです。一つは、教室で担任の先生から算数の問題が出され、早く出来た人から帰ってもいいと言われ、一番早く出来た私は颯爽とした気分で運動場を横切って家（駐在所）へと走りました。生徒たちはみな教室にいて、自分だけが外にいる運動場は広々としていました。もう一つの経験は、七月だったか、家の水道が使えず、一日か二日、小学校の水道水を二人の兄とバケツで運びました。水のたっぷり入ったバケツをかかえ、運動場を何度も往復するのはしんどい作業でしたから、運動場の広さが恨めしく感じられました。

私の少年の日の思い出は、川と魚にまつわることが多いのですが、この中原でも、心に鮮烈な印象を残している川と魚の光景があります。田圃の畦道程度の狭い道が坂になっていて、その横を道に沿って幅二十センチもない小川が草や笹に覆われて勢いよく流れていました。深さもなく、川とも言えないその小さなせせらぎを十五センチから二十センチはある川魚が二匹、三匹と上へ上へと登っていくのを少年の私は目の前に見たのです。思わず手で捕まえようとしました。確かに一匹は手に触れたのですが、尾びれをピチピチと振るわせ、水面をたたき、スルリと上へ逃げ延びていきました。その川魚の生命のほとばしりが今でも忘れられません。捕まえようとして捕まえられなかったその時の胸のどきどきも。川魚は胸びれが赤く染まって、地元ではアカブトと呼ばれている魚でした。

小学校の目の前の橋の上から下の川を見ると、鯉が悠然と泳いでいます。あれを何とかして捕らえたいと思っていたのか、ただゆったりと泳ぐ鯉の姿に引きつけられていたのか、薄暗がりの中で少年の目は遊泳する鯉を追い続けていました。そして、ふと分からなくなるのです。あのうすぼんやりした景色は現実であったのか、夢の中であったのかと。ただ鯉を見つめていた自分というものが妙に心に残っています。

やっと同級生にも馴染んで、友だちの家まで遊びに行ったりもするようになっていた八月末、南小国村の周辺部に位置した中原から中心部の市原《いちのはる》に急に引っ越すことになりました。引っ越しの大変さは大人と子どもでは随分と違うように思われます。父親から引っ越しを告げられたとき、強いショックを受けました。新たに移り住んだ中原の土地にも人にもようやく親しみが涌いてきていた、それが一挙に崩壊してしまうのです。

後で、なぜ急に中原から市原に引っ越すようなことになったかの理由を知りました。それは、市原駐在所の巡査さんが、前の勤務先で父の後輩であったために、先輩が村の周辺部にいて、後輩の自分が中心部にいるのは申し訳ない、よって駐在所の配置換えをやってほしいと小国署長に申し入れをされて、その申し入れがあまりに強いものであったために、署長さんも聞き入れるしかなかったということでした。先輩思いの情から引っ越しが

母と麻生農喜夫夫妻。後列は兄と私

決まったのです。後輩の巡査は松根さんといって、子どもの私にも真っ直ぐな性格の方と思えましたが、大人の熱い思いが子どもには目の前が暗くなるショックを与えたのでした（松根さんの奥さん・子どもさんも、更に山深い所へ急に引っ越すことを決めた「お父さんの一本気」に呆然とされたことでしょう）。

二　市原《いちのはる》での日々

市原は同じ南小国の村の中ですから、割と早く溶け込むことが出来たように思います。それに何といっても、一、二軒しかお店のなかった（と記憶しています）中原と違って、市原は、八百屋、肉屋、豆腐屋、酒屋、衣料品店、文房具店、お菓子屋、電器屋、雑誌も少し売っている雑貨屋など、お店がたくさんある賑やかな集落でした。少年の私が心ときめかせた写真館までありました。駐在所は市原小学校の道向かいにあり、学校までは一分とかかりませんでした。

この小学校前に駐在所があったとき（三年くらいして駐在所は今の南小国町役場の前に移転しました）、最も親しく家族ぐるみのお付き合いがあったのはお隣の加賀さんご家族です。夫婦で仕立て屋をやっておられました。よく覚えているのは、兄修志が大変野球が上手《うま》かったので、当時大人気の巨人の長嶋茂雄選手にあやかり、背中に背番号3を縫い込んだユニフォームを作って下さったことです。

どこか気難しいところのある兄修志と違って、私は母親の言うことを素直に聞く子でしたから、母に頼まれてよく買物に行きました（お駄賃を五円か十円貰えるという楽しみもあったのです）。八百屋のおばさんはそっけない人でしたが、豆腐屋のおばあちゃんは私が行くと、「感心、感心」とにっこり微笑んで、油揚げをいつも二枚くらいおまけしてくれました。金物屋は中に入っただけで驚きです。店にみっしり詰め込まれている生活の小道具に圧倒されたのです。人間は生きていくのにどんなに様々の物を必要とすることかと子供心に思ったことでした。

回転饅頭をたまに買いに行った（一個五円だったか）店には、籤《くじ》で引く甘納豆がありました。五等以下は小さな袋で、四等、三等、二等、一等と甘納豆の入った袋が大きくなっているのです。大袋を当てた日は幸せいっぱいな気分でした。私が今でも甘納豆を食べたくなるのは、この幸せ気分が忘れられないせいかも知れません。

父は小国署員の運転するジープに乗って、年に一、二度熊本市内に行くことがありましたが（警察本部にでも行ったのか）、私にとって鶴屋デパートの甘納豆は最高のお土産でした。

白地に小さな茶の模様が入った紙袋に入っていました。

冬には、兄弟で小遣いを出し合って焼き芋を買いに行くこともありました。たいがい二人の兄の命令で私が行くのです。大きな釜にサツマイモがぶら下げられて、炭火で香ばしく焼けたあのにおいを今でも思い出すことが出来ます。

私が小学二年生であった頃、テレビは一般家庭にまだほとんど普及していませんでした。それが、三年生、四年生、五年生となる頃（昭和三十五年から三十七年頃）に、家の裕福さに応じて普及し始めます。南小国は山の中ですから、テレビの電波を受信するには大きな孟宗竹の先に付けたアンテナが必要でした。それで、孟宗竹が立っているかどうかでテレビがある家かどうかが分かったものでした。

地方公務員である父がそう早くテレビを購入できるわけもなく、私と兄とはテレビのある渡辺商店に週一回、曜日を決めて夕飯後、テレビを見せてもらいに行きました。「名犬ラッシー」とか「ララミー牧場」とかをやっていたように思います。渡辺商店は酒屋であり、駄菓子も置いている店でした。子どもの喜ぶ菓子をいつも何か下さったものですが、チューブ入りのチョコレートを特に覚えています。

テレビが各家庭に普及する以前、田舎の人たちを熱狂させたもの、それは映画でした。村中から大人も子どももどやどやと集まって来て、映画館の中の熱気は大変なものでした。建物の骨組である梁《はり》に腰掛けて見ている人もいます。あれは「丹下左膳」だったでしょうか、主人公が尻《しり》っ端《ぱし》折《よ》りで危急の場に駆けつける場面では、館内から一斉に拍手が起こりました。村人みなが一つになれた時代でした。テレビという家庭の娯楽が登場していなかったからこそ、みなが味わうことの出来た一体感ではなかったでしょうか。

映画館は友だちのお父さんがやっていました。その友だちに先日会う機会があり、話を聞くと、小学二年の終わりに映画館は閉めたということでした。ということは、右の「丹下左膳」の思い出は私の小二の秋か冬のことだったと思われます。昭和三十年代半ばのテレビの登場は、小さな村の映画館を立ちゆかなくさせたのでした（隣の小国町にはその後も映画館がありましたが）。友だちはぼそっと言いました、「僕にとってテレビは敵といったものだったよ」と。

市原小学校には二年生の二学期から卒業するまでずっと通いましたから、友だちはたくさん出来ましたし、ごくごく親しい仲間も何人かいました。四年生から六年生の頃、ほとんど毎日一緒に遊んでいたのは穴井直勝君と北里辰也君です。学校が終わった後、また休みの日にも、二人が連れ立って「タケちゃん、遊ぼ」と決まってやって来ます。田圃の畦道を歩き回ったり、川に行って、ゴミ山の空き缶を川に投げ入れ、小石を投げて沈めたり、街中をうろついたり、辰也君の家は鍛冶屋さんでしたから、親父さんのふいごを操作する作業に見入ったりと、遊ぶのに事欠くことはありませんでした。

直勝君の家は農家でしたが、彼の家に遊びに行っているときおもしろいことがありました。隣家との境の垣根にミソサザイがいたのです。この鳥は雀のようにぱっと飛び立つことはなく、植え込みの中を動き回る鳥ですから、捕まえようとすれば捕まえられそうな感じの鳥です。直勝君と私と二人で垣根の下にもぐりこんだりして追いかけ回しましたが、両手で押さえ込めそうで、その度にするりと逃げられます。そして、とうとうミソサザイは垣根を離れ、逃げて行ってしまいました。僕たちは悔しがるより笑っていました。ミソサザイのすばしこさに完敗した僕たちは笑うしかなかったのでした。

直勝君が見せてくれたもので、今でもあれは何だったのだろうと思うものがあります。暗い部屋の中で、彼が押し入れから出して見せたものは、ちょんまげ姿の男を描いた小さな切手でした。古い収入印紙といったものだったのかも知れません。直勝君が家の人にも黙ってこっそり見せてくれたのですから、何か大事なものではあったのでしょう。

直勝君の家は比較的早めにテレビが入った家でした。もう夕飯の時刻で、家に帰らなくてはいけないと思いつつ、「時間よ止まれ」という人気番組を彼の家で見終えて、夕暮れの中、走って家に帰ることもありました。

テレビが次第に村内の各家庭にも普及すると、十二月三十一日の大晦日の夜は、誰もみなNHKの紅白歌合戦です。これは、見ない人がいるとは考えられないほどの国民的イベントでしたが、これが終わると、子どもは深夜連れ立って活動を始めます。隣町にある両《りょう》神社へ初詣《はつもうで》に行くのです。私も、直勝君、辰也君らと一緒にほぼ四キロの暗い道のりを歩き、両神社に詣で、多くの人出で賑わう夜店をうろついたりしました。そして映画を夜が明ける頃まで見るのが恒例でした。子ども向けの映画ではありません。よって、男女が絡み合う場面だってあったのですが、この夜だけはなぜか子どもも見ることを許されていました（咎める大人はいなかったのです）。

おもしろいのは、夜が明けての帰り道です。南小国村の僕らは小国町の子どもにとってよそ者です。よそ者がわれらが領地に侵入していると見なすと、敵愾心がかき立てられるのでしょう。僕らに向けて小石がいくつも飛んで来ました。僕らも負けずに、近くの石を拾って投げ返します。こうして石合戦がしばし繰り広げられるのですが、決してどちらの陣営にも負傷者は出ません。ほんとに怪我をさせたら大事《おおごと》になるくらいのことは子どもも分かっているのです。よそ者とはいつでも闘うぞという気概を示せればいいのでした。

市原から一、二キロ離れた馬場《ばば》という集落に住む佐藤龍也君の家にもたまに遊びに行きました。家は農家で、牛とヤギが飼われていました。牛は農耕用で、ヤギは乳を採るのです。牛・ヤギには飼葉《かいば》を押切りで切って与えなくてはならず、こうやるんだとやって見せてもくれました。龍也君は小さい頃、荒縄を綯《な》う縄綯い機に誤って右手の人差し指を巻き込み、指の第一関節を失っていました。最初それを見たとき、どきっとしましたが、ある尊敬の念を彼に抱くようになりました。自分は仕事など何もしたことがないが、タッチャン（龍也君）は大人の仕事をしているんだと。それに、指が切られる痛みに耐えたのだと。

タッチャンの指の痛みで思い出すことがあります。それは小四か小五のときだったと思いますが、私自身が大怪我をする、いやそれどころか命を亡くしてもおかしくない出来事があったのです。どんな遊びをしていたのか、私は兄修志を必死で追いかけていて、兄が家の前の道路に飛び出して行ったので、私も後を追いました。そこに車が来たのです。運転手は急ブレーキを掛け、車は驚いて倒れた私の首筋一、二センチ手前で止まりました。運転手は運転席から飛び出して来て、私が無事であることに胸を撫で下ろしました。車の後部座席に乗っていたのは町長さんでした。その当時、車はまだまだ少なく、交通事故への注意もあまりきつく言われていなかったように思います。私は小学校一年かその前の年、緑川で溺れ死にそうになったことがあり、これが二度目の命拾いでした。

市原小２年白組

三　川の思い出

市原での魚釣りなど、川に関する思い出も一つ二つ書いておきましょう。家（駐在所）から二、三百メートルの距離しかなかった梨園《なしえん》の佐藤勝也君は釣りが上手でした。川の流れの速いところでは釣り糸の先に毛鉤《けばり》をつけて上流に投げて流れにまかせ、手応えがなければ、また上流に投げるというのを繰り返すのですが、カッチャン（勝也君）はこれでよくハエ（オイカワ）を釣りました。真似をして私もやってみるのですが、中《あた》りを察知する勘が鈍いのでしょう、私の竿にはめったにハエはかかってくれませんでした。

ある日、毛鉤釣りではなく、水の淀んだ所に浮きを浮かべて中りを待つという（私も引け目を感じないですむ）釣りをカッチャンとしました。小雨が降り出しましたが、釣りをする二人を背後から覆うような竹藪があったので、雨は気にせず、雨粒が跳ねる水面を見つめていました。すると、カッチャンの浮きがぐーんと水の中に引き込まれたのです。カッチャンはぱっと竿を手にしました。ものすごい手応えのようです。鯉を釣るような竿で釣っていたわけではありませんので、糸を切られないように、竿を折られないように釣り上げるのは大変なことでした。しかし、カッチャンは慌てず、魚をほどよく泳がせ、疲れるのを待ち、見事釣り上げました。実に大きな鮒でした。私はうらやましくて仕方ありませんでした。

魚釣りはほんとに夢中になれる遊びでしたが、魚を釣り上げることを楽しみ、釣った魚は後でリリースするといったそんな遊びではありませんでした。釣られた魚は必ず家族みなで食《しょく》しました。実《じつ》を伴ったのです。料理を担当したのは母親です。アブラメやハエは甘露煮、鮒や鯉はぶつ切りにされて味噌汁に入れられたりしました。今は鯉濃《こいこく》など出すお店はなさそうですが、たまにその味を私は懐かしく思ったりすることがあります。

川魚を料理し食卓に出した母自身は釣りなど一度もしたことはありませんでしたが、母と川にまつわる話が一つだけあります。母本人から聞いたことです。小学校の校長先生夫人と母は親しくしていて、二人で川ノリを採《と》るために川に入ったというのです。四十歳くらいの婦人が二人、流れの速い志賀瀬川に入って足は膝まで濡らし、袖をまくり、腰を屈《かが》めていた姿を想像すると、小国杉に包まれた村里を流れる川中に立って、人の眼をはばかるでもなく睦まじく遊んでいた二人の女人を実際に見たような気になってきます。

市原から一、二キロ圏内にいくつもの集落（部落）があるので、今日はどこそこに出かけようと何となく仲間内で決まると、あちこちほっつき歩いたものですが、よく行った一つが川津義臣君（チョンチャン）の家がある千光寺でした。その名の通り、千光寺という古いお堂があり、その境内でよく遊びました。境内の前には水量も多く流れも速い用水路がありました。山から流れて来る水なので、澄んでいてとても清らかです。チョンチャンは「ここでション便したら、ちんちんが腫れるぞ」と言いました。みなは笑いながら、この清らかな流れに向かってもしション便をしたら、ほんとにちんちんが腫れるだろうと内心思いました。そこには敬虔なある畏《おそ》れがあったように思います。人間の手で汚してはいけないものがあるということは、山の子どもはおのずから知っていました。

少年の私は自然の恵みを多く川からもらいましたが、辺り山ばかりの南小国では当然、山から得られるものがありました。家（駐在所）のすぐ裏は杉山でした。私はよく杉の枝を拾いに一人で山に入りました。自然に杉の木から枯れ落ちたものから枝落としされたものまで、枯れ枝はいくらでもあります。両手に抱えられるだけ抱えて持ち帰ります。枯れた杉の小枝は風呂の焚きつけに最適な材料でした。

風呂焚きは私の当番とでもなっていたのか、燃やし口に座り込んでいた自分が思い出されます。親に命ぜられてやっていたのでしょうが、少年の私はこの風呂焚きが少しも嫌いではなかったように思います。燃える火を眺めることに飽きることはありませんでした。

杉の枝拾いに行った裏山に接するように老夫婦が住む家がありました。山から出る水が竹の樋《とい》を伝って石臼にいつも流れ込んでいました。昨年、私はひょっこりこの老夫婦の姿が心に浮かび、次の詩を作りました。

早朝の祈り

少年時を山で過ごした
田圃の向こうの隣家に
老夫婦が暮らしていた

妙に早く目が覚めた日
裏の戸口を開けて
隣家の方を見ると
二人が東の空を見つめ
そして深く頭を垂れた
昇り来る太陽に手を
合わせ祈る人がいる
ことを初めて知った
何か厳かなことだと
子供心に思えたから
誰にも話さなかった

四　駐在巡査の父

父親が警察官でしたから、警察官であった父にまつわる話をしましょう。田舎の駐在さんでもピストルを持っています。夜は押入れの頑丈そうな鉄の箱にしまわれました。ある日、お天気のいいときに、父が縁側に座り、ピストルを箱から出して布で磨いていました。六連発のリボルバー拳銃です。間近にまざまざと見て、手に取ってみたいと強く思ったのですが、何も言えませんでした。ただ側で黙ってずっと見ていました。

銃刀法とかいう法律があって、猟銃や刀剣を所持する人は警察に届け出をしなくてはならないので、ときたま駐在所には銃や刀を持って来る人がいました。刀剣は所有者にとって自慢の品でもあります。上がり込んで刀を披露される方もいました。冬のある日、炬燵の前に坐った男性が箱から炬燵の上に刀を取り出し、刀を鞘から抜いてきらめく刀身を立てて見せられたことがあります。このときも私は部屋の隅に座って、ただじっと見ていました。

あるご婦人は駐在所に来て、「駐在さん、家のこの短刀を引き取ってもらえまいか。この刀があるせいで、どうも家によくないことが続いているように思える」と言って、立派な脇差しを置かれていかれたそうです。かなりの値打ちのあるものであったようですが、父はこんなあまり縁起もよくないものが手許にあってもと思って、祟《たた》るなどそんなことは意に介しない、刀が好きな親戚の者にやってしまいました。

父の仕事に少しでも関われることがあると胸が高鳴りました。冬のひどく寒い夜、子どもが寝る時刻はとっくに過ぎていた時間に、あれは年末警戒というものだったのでしょうか、「おまえもついてくるか」と父が言うので、二つ返事も何もなく、小学校前の三叉路《さんさろ》まで父について行きました。村人の誰とて通る者はありません。車なんて持っている人はめったにないような時代ですから、通り過ぎる車もありません。よって、何の仕事をしたわけでもないのですが、しかし、父と一緒に「現場」に行ったというのが何か誇らしい気分でした。

もっと私を興奮させたのは、自転車泥棒の現場検証のため、父の運転するバイクの後部座席にしがみついて泥棒宅まで行ったことです。泥棒さんの家は数キロ離れた山奥で、道は舗装などされていませんから、私はバイクから振り落とされないように必死でした。山の中の一軒家が泥棒さんの家でした。自転車を盗んだことはすっかり明らかになっていたのでしょう、問題は、盗んだ自転車をどこに隠しているかでした。泥棒さんは父の質問に素直に応じ、隠した場所を指し示していました。自転車は解体されて、家の近くの湿地帯のあちこちに沈められていました。私は何かせつなく悲しい思いでいっぱいでした。なぜなら、その泥棒さんは駐在所に鋏《はさみ》など売りに来ていた、私も顔なじみの行商のおじいさんでしたから。

父親の仕事から離れますが、父にくっついて行って忘れ難いのは夜の魚捕りです。深さが膝までくらいの川に入って、水中にいる魚は網で、水底にいる魚は矛で突くのです。夜は魚が水の中で寝ているのがよく分かりました。おもしろいようによく捕れました。照明はアセチレン灯だったか、それを手に持って水面・水中を照らし、なるべく魚を驚かせないようにゆっくり歩いて行きました。あのアセチレンガスの独特の臭いは強烈でした。

父は釣りを趣味とする他に、生き物を飼うのが好きでした。前任地の嘉島の駐在所にはモルモット、ウサギ、鶏、アヒルなどが飼われていましたが、南小国の市原駐在所では裏庭に鳥小屋を作り、雉を飼いました。多いときは二十羽くらいいました。おもしろかったのは、雉は鶏と違って飛べるので、水や餌をやるために人が鳥小屋に入る隙を狙って逃げ出すことがあるのです。ただ飛べるといっても、鳥小屋で飼われている雉はそんなに飛べないので、隣地の田圃に入り込んだ雉を捕まえようと、稔った稲穂を掻き分け追いかけたこともあります。回収できた雉もいれば、そのまま逃げ延びた雉もいました。

どの赴任地でも鶏は数羽いつも飼っていました。もちろん産んだ卵を食べるためでしたが、ときに鶏は食用にするために殺されました。これを「鶏をつぶす」と言いました。父が「今日は鶏を一羽つぶすぞ」と言うと、私も手伝いました。鶏の首を押さえておく役目です。父によって鶏の首は切られ、滴る血は用意した鍋に溜められました。固まった血も鍋料理に使われたのです。鶏がつぶされた日の夕飯はたいそうなご馳走と思えました。

鶏の命を絶つ瞬間、子どもの私には何という残酷なことをするのだろうという感情はなかったように思います。毎日よく世話をしている鶏も、時至ればつぶされてしまう、それが鶏の宿命だと思っていたのです。そこにはやはり食べて生きていくことの厳粛さがあっ

鮎釣り名人コワシしゃん（52頁）と父

たように私には思われます。今私は鶏どころか雀一羽殺すことなど出来そうにありませんが、それは今私たちが彼らの命を奪わなくても生きていけるからなのでしょう。

五　忘れられない三つのこと

今思い出しても、あれはかなり危険な行為であったと思うことがあります。六、七人で一緒に遊んでいて、誰の提案でそうなったのか、幅七、八メートルはある川を渡って、向こう岸の崖まで行こうということになりました。深さが一メートルくらいはあり、流れも速い川でしたが、飛び石伝いに行き、中ほどには石はないが、水中に踏み石となる大きな岩があるから、膝上までズボンをめくっておけば濡れないで向こうへ渡れるというのです。少年の私はこれはちょっとやばいなと思いましたが、やめようと言う者は誰もなく、自分だけびびって「僕は行かない」とはとても言えませんでした。みなに私も続きました。川の中ほどの水中に確かに大きな岩がうっすら見えます。私は足を伸ばしました。岩に付いた苔がヌルッとしました。そして、足を押し流そうとする水圧をぐっと感じました。しかし、何とか持ちこたえてその向こうの石に飛び移ることができました。

私が足を少しすべらせ、あの水の勢いに耐えきれなかったなら、どうなっていたことか。水の流れは速かったのですから、私は流されてきっと溺れていたのではないかと思います。誰も助けることなど出来なかったでしょう、それに私は泳げなかったのです。

子どもの水難事故のニュースを聞くたびに、子どものほんの小さな判断の誤り、注意力の不足、退く勇気がなかったことが大きな事故を起こしてしまったのだろうと、痛ましく思えてなりません。

ついついその場の雰囲気に呑まれてしまうという右に述べたようなことは子どもに限らないことかも知れませんが、子ども故に何と軽はずみなことをしてしまったかと、心の傷として今も残っていることがあります。それは、なぜ自分はあの時、あの場で、あんな馬鹿なことをしたのだろうとわが身が恥ずかしくなるような行為ですから、出来れば話したくもないことです。

学校の昼休みか何かのときでした。みな校舎の外で遊んでいるところに、子犬が現れました。生まれてまだ一ヶ月くらいで、誰かがこっそり餌をやったりして学校で育っていたのかと思います。何人もの男の子がいる中で、その子犬は私をめがけて走ってじゃれついて来ました。その時、私は何をしたか。私は子犬を足で蹴ったのです。犬はキャイーンと鳴き声を上げ尻尾を巻いて逃げて行きました。周りはそれにどう反応したかというと、喝采の声が上がったのです（恐らく女の子たちは顰蹙《ひんしゅく》の眼差しを向けていたのだと思うのですが）。

少年の私はなぜこういうむごいことをしたのか。そして、周りの男の子たちはかわいそうとも言わず、私の残酷な振る舞いに同調するような声を上げたのか。私は犬が嫌いな人間ではまったくありません。家でも犬を飼っていて、親身に世話も毎日していました。それなのに、なぜそんなことをしたのか。じゃれつく犬に、人間にこびへつらおうとする野良犬の卑しさを見たのか。しかし、何よりも私が蹴るという行為に出たのは、そうすることが、意想外で、みなに「受ける」と思ったからだろうと思います。そして確かに「受けた」のでした。

こういう自分の行為を振り返ってみると、いじめを楽しむような邪悪で、かつ軽佻浮薄な心というものが自分にも誰にもひっそりと仕舞われているように思えます。それは、機会さえ与えられればいつでも発現するのではないでしょうか。「子どもはときに残酷だ」とはよく言われることですが、その言葉は自分のうちに潜むものをよく見つめてみよと教え諭す言葉のように今の私には思われます。

同級生や下級生をいじめて楽しんだ記憶はまるでないのですが、ただ私は同級生の女の子の母親からいじめの張本人だと訴えられたことがあります。それは午前の授業中のことでした。木造校舎の二階にあった教室の入り口の引き戸が何の前触れもなくいきなりガラッと開けられ、鬼の形相のおばさんが現れました。すごい剣幕で「うちの娘をここにおる駐在所の息子がいじめとるってな。こげなやつは二階の窓から突き落としてやるけん」とどなったのです。私は身の危険を感じ、思わず首をすくめ背中をまるめ、前の席の人の後ろに身を隠すようにしました。私を見つけたらつかつかと私の席まで歩み寄って来て、私を取っ捕まえ窓から放り投げるのではないかと思ったのですが、おばさんは怒りをぶちまけると気が済んだのか、クラスじゅうの者をにらみつけた後、出て行きました。

訴え出た母親の娘さんをいじめた覚えは私になくても、いじめはいじめたほうは忘れているがいじめられたほうは忘れないとはよく言われることです。火のない所に煙は立たないとも申しますので、同級生の女の子を何か揶揄《やゆ》するようなことを言って傷つけることを私がしたのかも知れません。

昨年の四月初め、水前寺公園で花見をしようということで、七十歳になった中学の同級生が十人ほど集まりました。私が皆に右の思い出話をすると、中の一人（女性）が、「中学生の時、あのお母さんから担任の先生に『娘がいじめられている』という訴えがあり、私はそんなこと全然していないのに、先生には叱られるは、廊下には立たされるは、えらい目に遭ったのよ」と話してくれました。それを聞いて、私は罪の意識が少し軽くなった気がしました。

ジョンと私

六　少年の恋

　小学三年、四年生の頃の自分をいくら思い出してみても、女の子に関わることは何にも思い浮かびません。女の子のことは眼中になかったようです。まだ色気付いてはいなかったのです。それが五年生頃でしょうか、クラスのある女の子を意識するようになりました。色の白い可憐な子でした。体が少し弱く体育の時間は見学していることが多い子でした。彼女の家は市原の街中にある写真館でした。彼女の家の前を通ると、緊張して体が固くなるのを感じました。

　六年生の担任の先生は、テストをしてその成績順で生徒の座席を決めることをしました。成績上位者は後ろ、下位者は前の席になるのです。その頃の教室の机は二人掛けでしたから、成績の一番と二番の人が同じ机に、三番と四番の人が同じ机に……となります。彼女は三番になることが多かったので、自分も毎月のテストで三番を目指しました。しかし、そううまく行くものでもありません。私は一番になることは一度もなかったように思いますが、たまには二番になりました。二番になった嬉しさより、彼女と同じ机に座れない無念さに心のうちで悔し涙を流しました――クラスの誰もそんなことは知らなかったでしょうが。

しかし、このひたむきな思いもそう長くは続きませんでした。ある時期から別の女の子に私の心は移ったのです（自分でもいいかげんなわが恋心だと思います）。子どもの時の記憶というものは、前後の繋がりもなく、ある瞬間の映像ばかりが残っていたりするものですが、今も私の頭に残っている映像は、机にうつ伏している女の子の姿です。クラスの数人の男の子にからかわれ、背中を軽くツンツンと突っつかれるなどしたのでしょう。男の子たちはその女の子に気があればこそ、そんなことをしていたに違いありませんが、泣きべそをかいている後ろ姿の彼女が急にすごくいとおしく思われました。その子を自分が守ってやろうとでも少年の私は思ったのでしょうか。この子への恋心は随分長く続きました。高校生になってラブレターを書き、熊本城近くで一度会うことが出来ました。しかし、「今日は熱があるので、ごめんなさい」と言われ、夢見たデートは一瞬で終わりました。その子が自分に何の関心もないことがよく分かりましたが、しばらくはなかなか彼女のことが忘れられませんでした。

少年の私が女の子に強い関心を抱かれたこともあった話も付け加えておきましょう。小学六年生の終わり頃であったか、母から「今電話があって、美容室の娘さんが一緒に勉強したいということだけど、どうする」と言われました。友だち二人が家にちょうど来ていたときで、二人はニヤニヤしています。私は返事に困りました。女の子と一緒に勉強する、そんなこと想像したこともありません。それ以上に一番の戸惑いは、同級生の美容室の娘さんが大変な美人であったことです。申し分のない美少女でした。こんな子と一つ机に向かい合うなんて考えられないことでした。

それにしても、少年・少女の恋とはいったい何なのでしょう。小学校から高校生の頃まですっと一人の少女を私は思い続けていたわけですが、彼女の何を私は知っていたでしょうか。彼女の性格も彼女がどんなことを好きなのかも知らなかったと言っていいでしょう。ある時の表情とか仕草とかで何やら心が浮き立ったのです。あの美容室の少女も高校生になって私にラブレターをくれましたから、あの子はあの子で私のことを思い続けていたのでしょう。しかし、彼女が私の何を知っていたでしょう。何も知らないながら、よその土地からやって来た私が何か珍しい存在であったのかと思われます。ある何か印象的なシーンをきっかけに、現実の男の子、女の子をよく知らないままに、素敵な女の子の像、素敵な男の子の像を好み好みに心の内で形作り、実像とは無関係に、自分が創った像に恋していたのが、少年少女の恋ではなかったでしょうか。

中学生になってのことですが、年上の女性へ淡い恋心を抱いたこともありました。素敵な年上の女性は大学四年生で、教生の先生として教壇に登場しました。何を教えてもらったのか少しも記憶にありませんが、若い女の先生の漂わせるもの柔らかな雰囲気（担任のおばさん先生とは違う雰囲気）にうっとりしました。十歳年上のお姉さん先生に、もう夢中であったと言ってもいいかも知れません。先生とクラスの何人かの人と（クラス全員だったか）どこかにピクニックに行ったとき、先生から「武田君は梨を剥くのが上手ね」と言われただけで舞い上がった気分でした。何であれ、自分が他の生徒と区別され先生に認められたことが無性に嬉しかったのでしょう。後に分かったことですが、この教生の先生は、兄修志が結婚した女性の従姉《いとこ》でした。後に義姉を通して「従姉が中学生の博幸君のこと

市原小５年遠足

を覚えていると言ってたよ」と聞いたときは、甘酸っぱい少年の恋を思い出して、恥ずかしいような、また嬉しい気持ちになりました。

七　兄のこと、母のこと

秋に催される小学校の運動会はたいそうな賑わいでした。運動会は大人も参加する村の一大行事だったのです。南小国村には小学校が六つあり、私はそのうちの二つ、中原小学校と市原小学校に通ったわけですが、中原小学校は四月から八月までしか行っておりませんので、中原の運動会は知らないままで終わりました。

運動会当日の朝、家（市原駐在所）の前を矢津田《やんた》部落の体操服を着た生徒たちが、先頭の人は手に旗を持って行進するように一団で小学校に向かっていたのを覚えています。運動会の日は部落毎のまとまりがあり、運動場の周りのテントも部落毎に設営されました。子どもも大人も部落対抗の競技があって、大いに盛り上がりました。

こうして村人みなが楽しむ運動会でしたが、私には運動会というものがあまり楽しいものではありませんでした。その理由は簡単です。駆けっこが遅かったのです。私の走る姿を見て、父は「博幸は気持ちばっかり走っとる」と言いました。要するに、走ろうとあがいているが、ちっとも足はついていっていないと。

そんな私とまったく違って、運動会でスターであったのが兄修志です。足が速いので、リレーの選手にも選ばれ、前を走る選手を追い抜いては大きな喝采を浴びていました。

運動会だけではありません。兄が小学六年生のとき、小学校対抗の相撲大会があって、兄は市原小学校代表五人の一人でした。五人の中では兄は小柄のほうであったのですが、自分より大きな選手を倒し、この兄の活躍があって優勝しました。これは学校内だけでなく、村中の評判になりました。

兄自身が小学生だった自分を回想して書いた文章がありますので、ここに引用しておきましょう（「五人の孫へ」と題する未発表の文章より）。

小学校三年生から、五、六年くらいまでは、かなり真剣に、プロ野球選手になりたいと思っていました。野球やソフトボールが、同級生のなかでは抜群にうまかったからです。どのくらいうまかったかというと、転校したせいで、三つの小学校に通いましたが、どの学校でも四番を打たされました。六年生のとき、学校代表チームの四番・ショートだった僕を、近所の野球好きのおじさんが、「修ちゃんは、ひょっとすると、プロ野球の選手になれるかもしれん」と言ってくれたこともありました。打つ、投げる、走る、何でも、大人から教えてもらわなくても上手にできたので、自分でも「センスがある」と感じていました。

兄が学校代表チームの四番であったのに対し、私は同級生のソフトボールチームで補欠でした。小学校の運動場で放課後、兄からノックを受け、守備はある程度うまくなったのですが、打つほうがからきし駄目でした。ゆっくり投げてくれる遅い球なら打てても、速い球には反応できず、やっとバットに当てるのがせいぜいで、内野ゴロばかりでした。

私と違い、スポーツにおいてこのように伸び伸びと活動し、華やかな注目も浴びる兄でしたが、その一方、母の頼み事を素直に聞くような「いい子」では兄は決してありませんでした。これについても兄自身が書いたものがありますので、少し長くなりますが引用することにしましょう。

兄弟四人の中でおそらく次男の私が、母にとって最も扱いにくい子供であったろう。真っ先に思い出すのは、小学二、三年生頃から中学生にかけて、私が母から買い物を頼まれるたびに、容易なことでは素直にその頼みを聞かなかったことである。今とは違って冷蔵庫のない時代、主婦は夕食の支度を始める前にはほとんど毎日のように買い物へ行くというのがおきまりだった。しかし、何かの用事があったり、なんらかの事情で買い物へ出かけることができない場合、どこの家庭においても、子供が買い物を言いつけられたものである。その買い物を、頼まれる度に、何か訳のわからない理由をつけたり、いささか反抗的な態度で拒否するのだから、母にとっては、何を考えているのかよく分からない、なんとも取り扱いにくい子供であったろう。私としても、母が忙しいのは分かっているのだから、素直に「はい」と返事したいのはやまやまなのである。しかし、よほど気分のよい時でなければ、私は快く返事をしなかった。ともかく買い物をするということが、なぜか恥ずかしくてたまらなかったこと、また、私は子供の時からつまらぬ虚栄心の持ち主で、ほんのわずかの金額の肉や野菜を買うことが自分の沽券に関わるような気持ちを持っていたこと、その他自分でもどうすることもできないうっとうしい気持ちをいつも抱いていて、素直に返事ができず、いつもぐずたれた態度を取ってしまうのであった。その代わりを務めるのは、二歳下の弟（博幸）で、こういう場面が繰り返される度に、母にも弟にも悪いなあという気持ちになり、またそれが嫌で、さらにひねくれた態度を取るのが常であった。

（『母の家計簿』に収めた「母の思い出」より）

兄のこんな複雑な心中を知るはずもなく（推し量る気もなく）、私は母から何か頼まれればたいがい応じていました。兄が母の頼みを拒否する故に弟の私が迷惑するという意識は少しもありませんでした。私にとって買い物は嫌なことどころか、むしろちょっと楽しくておもしろいことだったのです。買い物をすることが恥ずかしいなどという感情は、私には理解の外にあることでした。

しかし、人間というのは分からないものです。晩年の病弱の母に最も尽くしたのは、母にとって最も扱いにくい子であったこの兄でした。それはまさに献身的という言葉がふさわしいものでした。大学で研究業績を上げ、大学内で出世することもなげうったかのように、熊本の母の元へ時間の取れる限り鳥取からやって来て、介護・看病に努めたのでした。
ここで、南小国において母がどんなふうであったのかを少しばかり描いておこうと思います。先ほども引用した「母の思い出」に、兄がある日の母の姿をスケッチしていますので、まず、それを示すことにしましょう。

私が中学一年生か二年生のときのことである。私は、ある日、友人を二、三人連れて学校から帰ってきた。母が玄関に出てきて、大人の客に対するように、軽く三つ指をついて挨拶をした。友人達がちょっと驚いたような顔をしたのを、今も覚えている。

中学の同窓会で同級生に顔を合わせると、「おまえのお母さんにぜんざいを食べさせてもらったことがあるよ」とか、「遊びに行くとすぐに何かおやつを出してもらった」とか、母のやさしい心遣いに接して、今でもそれが忘れられないと言う人が何人もいます。
母が誰彼《だれかれ》差別なく親切に対応したことをよく示すのは次の出来事です。父が実に風体の悪い、いざこざばかりを繰り返してきたような男を駐在所に引っ張って来たことがあります。母はその男に丁重に茶を出したのです。男は小国本署から駆けつけた警察官に連れられて行きましたが、男が去った後、父は母に向かってカンカンに怒っていました。「なんであんな男に茶を出すか。湯飲みは凶器ぞ。あの男が湯飲みを投げつけるか、摑《つか》んで俺に殴りかかってきたらどうするんだ」と、しばらく父の憤りは鎮まりませんでした。父はこの男がいつ猛り狂うかと戦々恐々だったのでしょう。しかし、この荒くれ者は思いがけなく茶が供されたことでわずかなりと心が和らぎ、暴発を抑えたのかも知れません。

市原駐在所の頃、母が地元の人で親しくしていた人としては梨園《なしえん》の佐藤勝也君のお母さん、それに、私が中二のときに一年間下宿することになる斉藤博昭君のお母さんを特に思い出します。佐藤君のお母さんは漬け物の名人でした。その笑顔とお声を思い起こすと、あんなお元気な時代があったなあと懐かしく思われてなりません。斉藤君のお母さんは、小柄な体で自転車の荷台にお米を載せ、私の家（駐在所）まで運ぶと、玄関口で親しく母と話し込んでおられた姿などが思い浮かびます。母親どうしがとても親しくしていたので、佐藤君とも斉藤君ともいっそう親しくなったような気もします。ときには、礼服の黒留め袖を母に借りに来る村人もおられました。

杉原兄弟と兄と私（市原駐在所前で）

そう言えば、南小国ならではの戴《いただ》き物《もの》があったことも付記しておきましょう。冬場にはウサギ、イノシシの肉を持って来て下さる方がおられました。よくいただいたものは椎茸《しいたけ》です。生《なま》のものは「なば」と言っていました。なばは塩こしょうを振りかけ、母がフライパンでさっと焼いてくれました。採れたてのなばは実にうまいものでした。私は熊本市内に転校するまで、椎茸はもらって食べるものだとばかり思っていました。

八　村の外での経験

小学校時代、ほとんどの日々を南小国村で過ごしましたが、たまには南小国を離れることもありました。南小国の外での経験で心に残っていることのいくつかをここに書いてみようと思います。

南小国に来て一年余り経った夏休みだったと思うのですが、兄修志と私の二人は上益城郡嘉島村に遊びに行きました。嘉島村は南小国に来る前、七年を過ごした所です。嘉島村の中心部で文具店を営む徳永さんが遊びに来るように言って下さったので、そのお誘いに従ったのでした（徳永さんは嘉島村からの引っ越しのときも荷物を載せたトラックに乗り込んで大観峰を越え南小国まで来て下さった十数人の中のお一人でした）。三、四泊したように記憶していますが、自分の家とは違うあか抜けた雰囲気に新鮮な驚きを感じました。まず家の構造がおもしろく、商品であるたくさんの文房具の並ぶ店の奥に入ると、右が床の間付きの和風の部屋、左が食事をする部屋になっていて、真っ直ぐ突き抜けると小さな川に縁取られた庭に出ました。朝食も味噌汁、納豆、漬け物といったものではありません。ハムやサラダ、カマボコ、上品な味の卵焼きにミルクもあります。家中にバターのような甘い香りが漂っていました。家のにおいが家によってこんなにも違うのだということを初めて知りました。二階にはおばあさんの部屋があって、畳を敷いた寝台ではなく、西洋人が使っているであろうバネの入った本物のベッドがありました。

小五か六のとき、大いに気持ちが高揚した思い出があります。藤崎台球場で野球を観戦したのです。それも貴賓席の特別観覧席から見たのです。日本人どうしの試合ではありません。片方は日本人の社会人チームで、もう一方はハワイから来たアメリカ人のチームでした。はるばる日本に遠征チームを率いて来たのは、ハワイに移民で行っていた父方の親戚でした。試合が始まる前に、伯父と一緒にアメリカ人たちが泊まっている旅館を訪ねました。私は外国人の一人や二人は見たことがありましたが（南小国にも宣教のために派遣されたと思える外国人が一人いました）、十人、二十人の白人の団体を見るのは初めてでした。旅館の階段を上り下りする彼らをただただ好奇の目で見つめました。旅館では私たちの前にサンドイッチが出されましたが、私がサンドイッチなるものを目にし食べたのはこの時が初めてであったように思います。バックネット裏の最上段にある貴賓席から球場を眺めると、何か自分が普通の人ではなくなったような、まさにＶＩＰの気分を味わうことが出来ました。貴賓席などに一生縁のない人間には一度きりの特別のときでした。

同じく小五のときだったか、父方の祖母が危篤ということで、父と兄二人と私は下益城郡城南町にある父の実家に急ぎ駆けつけました。祖母はまだ何とか息をしていました。臨終をいつ迎えるかという中、親戚の誰かが言いました、「人はな、息を吐き出せないときに死ぬ。息を吸うより吐き出すほうが力が要る。だから、その力がもうないときが死ぬときだ」と。私は祖母の枕元にあって、祖母が息を吸うたときに死ぬのか、吐いたときに死ぬのか確かめようと、祖母の胸がわずかに盛り上がっては沈み、盛り上がっては沈む様子をじっと見つめていました。息を吸うて亡くなったのか吐いて亡くなったのか私にははっきり分からないままに、祖母は臨終を迎えました。しかし、「息を吐き出せないとき人は死ぬ」という言葉は私の胸に長く残りました。

この祖母が生前なかなかおもしろいおばあさんだったことも書き留めておきましょう。

亡くなる前、半年か一年は寝たきりでおしめを着けている状態でしたので、見舞いに行くと、父はおしめを取り替えたり、床擦《とこず》れにならないように寝ている姿勢を少し変えてやったりしました。近くに坐っていた私に向かって、祖母は大胆な冗談をおおらかに言ってのけました、「ばあさんのめめじょは太かけん、博幸は見たらたまがるばい」と。

兄修志について言った祖母の言葉もよく覚えています。正月の二日か三日、親戚一同が父の実家に二十人余り集まったときです。従兄弟《いとこ》たちは庭でラムネン玉（ビー玉）遊びをしていました。兄はそれを見て、「俺もかててくれ。かててやらんと、皆が今やっとるのをめちゃくちゃにするぞ」と言って、脅しをかけて参加を認めるように求めたのです。これを見て、祖母は笑いながら「修志は先にゃたいがいなものになるばい」と言いました。祖母は人を見る眼も確かにあったように思えます。

何人もの父方の親戚、わずかな母方の親戚、あちこち親に連れられて行きましたが、最も温かい思い出が残るのは父の伯父であった秀喜《ひでき》おじさん・おばさんの家です。家を訪ねるとおばさんが「強《つよし》（父の名）の子の修志かい、博幸かい。よう来た、よう来た」と言って、満面の笑みで迎え入れてくれます。いつ行ってもそうでした。おじさん・おばさん夫婦はしばらくハワイで暮らしていたことがあって、どこかハイカラな雰囲気がありました。おじさんは身長が一八〇センチ近くある親族一の長身でしたが、大柄なのに柔和な感じの人でした。人を訪ねたときに、喜び迎え入れられるということが、訪問者をいかにほっとさせ、喜びを与えるものかを教えてくれた人たちでした。

父方の親族たち

このおじ・おばの息子の一人網田浩之《おうだひろゆき》さんは昭和二十年四月に神風特別攻撃隊第一草薙隊の一員として鹿児島の国分《こくぶ》基地から飛び立ち、二十歳で戦死されました。私の博幸という名は、字は違いますが、この方の名をいただいて付けられたものです。

九　南小国中学へ入学

市原小学校を卒業すると、南小国中学（南中《なんちゅう》）に入りました。南中は南小国村ただ一つの中学で、六つの小学校の卒業生（二百人余り）が集まりました。黒川や星和《ほしわ》など遠距離の人は寮に入り、寮からの通学となります。

中学に入学する前、中学から私一人呼び出しがありました。中一生を迎える上級生の歓迎の辞に対して、君が新一年生を代表して挨拶をしなくてはならないので文案を考えて来いというのです。小学校を出たばかりの子にはまことに困った大人の依頼で（中学の先生も、親に書いてもらって来いということだったと思いますが）、母がおよそ考えてくれたような気がします。書いたものを持って行くと、それから一年生、二年生の担任となる竹本智恵子先生が手直しして仕上げて下さいました。

答辞の挨拶をした自分については何の記憶もありません。が、そもそもなんでこんな役をさせられるのかよく分かりませんでした（親はおよそ分かっていたようですが）。先生からだったか、親からだったか、後で聞いたところでは、六つの小学生全員を対象にした試験で私が一番だったからとのことでした。一つの小学校で一度も一番になったことのない自分が六つの小学生が集まった中で一番とは、不思議であり、ちょっと得意な気持ちでもありました。

中一のときの一番大きな出来事は、右足の頸骨の骨折です。学校の休み時間に「馬乗り」という遊び（前屈みになった子の股ぐらに後ろから三、四人が頭を突っ込み、その並んだ背中に、走って来た子が跨がって飛び乗るというもの）を男の子五、六人でやっていて、背中に乗られた瞬間に私は右足をひねったのでしょう、上からの重みに耐えきれず、膝から十五センチくらい下の骨（向う脛）が折れたのです。激痛が走りました。周りは大騒ぎです。上に乗って骨折させた当事者である直勝君はワンワン泣いていたということでした（後で聞いたところでは）。南小国村には骨折対応の病院はなく、熊本市に近い大津の病院へ車で運ばれました。

すでに外は暗くなった頃の、入院したばかりの病室の様子をうっすら覚えています。病室には、看病の母と、もう一人の入院患者しかいませんでした。病院の人はみな近くのテレビのある部屋に集まっていました。その日は東京オリンピックの閉会式の日だったのです。ですから、それが昭和三十九年（一九六四年）十月二十四日（土曜）のことだとはっきり分かります。私は足の痛みで眠れない夜を過ごしました。

約一ヶ月入院し、退院した後は一ヶ月、家で療養ということになりました。この間、友だちがお見舞いに来てくれたようです。「ようです」というのは、何の記憶も私にはないのです。六十歳も過ぎた中学の同窓会で、宇都宮一三君、佐藤龍也君から見舞いに行ったことを聞きました。せっかくの見舞いをすっかり忘れるとは何とも罰当たりなことですが、子どものときの記憶というものは、同じ場にいて、ある人には鮮明な映像が残り、ある人には記憶のかけらもないというのはよくあることで、その子どもの関心の持ちようによるのかと思われます。見舞う一三君と龍也君は松葉杖で歩く私が珍しく、見舞われる私はただ友だちの来訪と思っていたのかも知れません。

療養も終わってさあやっと学校だと思う頃、冬休みが始まりました。南小国は夏は涼しく、冬は積雪で学校が休みにもなったりする所ですから、夏休みは短く、その分、冬休みは長いのです。それで、私が学校に復帰したのは、翌年の一月十日過ぎのことでした。二ヶ月半の長きにわたり学校に行かなかったことになります。

中学の頃、学校の勉強は教科書を読めば分かると私は高《たか》を括《くく》っていましたから、学校を長く休んでも成績が下がるとは思っていませんでした。しかし、一月か二月の試験では私は一番の座から陥落しました。一番であることが当然と思いかけていた私の鼻っ柱は挫かれたのです。先生は生徒に教科書以上のことも以外のことも教えるのであり、それが試験にも出されることは後で気付いたことでした。

南小国中２年修学旅行

十　下宿生活

私の足の骨折も癒えて中学校に通い始めた頃、周りの山は二十センチ、三十センチの雪で覆われている二月初め、父が大怪我を負う事故が起こりました。駐在所の裏山で猟銃を暴発させて左目付近を損傷し、血を流して雪の中に倒れたのです。左目の失明はもちろん、一時は命も危ういかも知れないと心配されました。父が死んだ場合は、残された自分たち家族は今後どうするか、母は真剣に考えたと言っていました。

猟銃がなぜ暴発したかと言いますと、猟銃は父が親しくしていた村の馬車曳《ひ》きさんから譲ってもらったものでした。小国・南小国は杉の産地ですから、杉を山から運び出す「馬車曳きさん」と呼ばれる方たちが何人もおられました。その中には猟銃を持っている方もいました。父は馬車曳きさんとともに鳥を撃とうと雪の積もった山に入ったのですが、雪道を歩く中、不注意にも銃身の先を積もった雪の中に突っ込むことをしてしまったようなのです。そして、銃身に入った雪が凍っていることに気付かず、鳥に狙いを定めて引き金を引いたのです。撃たれた弾は銃身を塞いだ氷で逆噴射し、砕け散った火薬は父の左目辺りに食い込みました。

幸いに命には別状はなく、失明もしませんでした。ただ左目周辺の皮膚に食い込んだ火薬は容易に取れず、日ごろ顔のことなどあまり気にしない父も、紫のカビ状のものがいつも顔に付いているのはおもしろくない様子でした。それに、自分の意志にかかわらず、すぐに左目から涙が滲み出て来るのにも困っていました。

右は地元の猟師さんがやっていることを真似して失敗してしまった例ですが、父は駐在所の赴任先それぞれの地で、自分が興味の持てそうなことをやっている人を見つけると、仲良くなって一緒に遊ぶ人でした。釣りも、さまざまの動物飼いも、それに碁と将棋も、誰かいつも親身になって教えてくれる人がいたのでした。このように村人とうち解けることが出来たのは父の天性の性格だったように思えます。

中学一年の三学期も終わる頃、市原駐在所から黒川駐在所に移ることが決まりました。熊本から大分別府に通ずる九州横断道路の一部をなす、瀬の本高原やまなみハイウェイ道路建設がすでに始まっており、黒川には多くの建設業者の飯場も置かれ、人の出入りも賑やかになっていました。そこで、父が黒川にも駐在所が必要なのではないかと小国署長に進言したところ、自分が赴任することになったということでした。

黒川は今ほど有名でもなく、田舎の鄙びた温泉地でした。南小国村は中学は市原に一つあるだけでしたので、黒川地区の人は寮に入ることになっていたのですが、私は校長先生の特別許可で、中学校のすぐ前に家があった斉藤博昭君宅に下宿することとなりました。寮生は土曜の午後には家に帰り、日曜の夕方にはまた寮に戻ります。私も同じように、土曜の午後には黒川温泉にある駐在所に向かい、日曜の夕方遅くには斉藤君の家に戻るという生活を毎週繰り返しました。

当時、バスで市原から黒川に行くには、隣町の小国町を回って行くしかありませんでした。日曜の夕方、黒川から市原に戻るときは小国町回りのこのバスに必ず乗りましたが、土曜の午後、市原から黒川に向かうときは、雨でも降らない限り、市原から波居原《はいわら》という所まで歩き、そこからバスに乗りました。つまり小国町を経由しないルートです。そうすると、バス代が半分くらい（半分以上だったか）浮くのです。市原から波居原まで数人連れ立って山道を歩くのは、遠足のようで楽しいものでした。温泉旅館の子にはませた子もいて、「新婚さんは旅館に泊まって夜何をするか、おまえたちは知っているか」とか興味深い話もしてくれました。

土曜日も黒川に帰らず、斉藤君の家にいたとき、夜に母から「兄ちゃん（長兄）が急に帰って来たので、明日の朝なるべく早く帰って来ないか」と電話がありました。兄は当時、熊本市の警察学校に入っていました。その兄がひょっこり黒川に帰って来ているというのです。私は翌日なるべく朝早く斉藤君の家を出て、波居原に向かいました。山の中の道を一人で歩くのは初めてのことです。その時、思いがけない感情が涌き上がることに自分で驚きました（それ故に、今でもその時のことを覚えているのです）。兄に早く会いたいという思慕の情です。私はすぐ上の兄（次兄）とばかり小さいときからよく遊んで、五歳離れた長兄とはそんなに睦まじくしていたわけではありません。にもかかわらず、兄会いたさに、山道の一人歩きの怖さも振り切って、道を急ぎました。それは、他人とは違う、兄弟という間柄にのみ通い合う感情が自分のうちにあることに気付かされた出来事でした。

黒川の一年は土曜と日曜、それに夏休みと冬休みを過ごしたに過ぎませんが、黒川での魚釣りで一つ忘れられないことがあります。黒川温泉の旅館街より数百メートル上流に一人で釣りに行って、エノハ（ヤマメ）を二匹釣ったのです。市原辺りではエノハは釣れません。水温の低い川の上流にいる魚だからです。エノハという美しい魚がいることは聞いてはいましたが、自分が釣れるとは思っていませんでした。十センチ余りのまだ小さいエノハでした。エノハ（絵の葉）の名の通り、体側の小判状の斑文に少しピンク色がかかっていて、こんなきれいな魚がいることに心のときめきを覚えました。

今となっては特に懐かしい中二の秋の思い出も記しておきましょう。同じクラスの山野洋《ひろし》君と喧嘩をしたのです。それは取っ組み合っていたのか抱き合っていたのか分からない妙な喧嘩でした。中学では兄と同じ剣道部に入っていましたが、自分が運動に向いていない人間であることはもうよく分かっていました。どうせうまくもならないと思っている子どもは熱心に取り組むはずもなく、実際うまくもならず、練習試合で下級生にも負ける屈辱を味わったりしていました。毎日の練習に行くのもちっともおもしろくないので、山野君に「俺は剣道部辞めるつもりだ」と言ったのです。教室にクラスの誰もいない放課後でした。山野君も剣道部員でしたが、「辞めるな。あんたが辞めるなら僕も辞める」と言います。私は「なんであんたまで辞めなきゃいけないんだ」とか言って、取っ組み合いになりました。お互いに相手をつかんで放しません。そのうち床に二人ともころがり、それでも相手を放しませんから、もうこれは互いに抱き合っているのと同じような恰好になりました。薄暗くなった教室で、十分も二十分も三十分もそうしていたように思います。お互いが大好きなことを確認したような、実に妙な喧嘩でした。

中二の一年は、私は友だちの家に下宿してのどかな毎日を送っていたと言っていいのですが、父はそう暢気な日々ではなかったようです。市原駐在所時代は犯罪といっても放牧されていた牛が盗まれたとかどこかのんびりしたものでした。しかし、黒川はあまり流《は》行《や》っていなかったとはいえ、中心は旅館街ですから、飲み客の喧嘩があったり、また建設業者の飯場には柄の悪い連中も入り込んでいて、さわぎを起こす者もいました。あるいざこざをきっかけに飯場に潜んでいた強盗犯を逮捕するということもありました。

このように黒川での勤務はそれなりに忙しかった父ですが、そんな父が二か月近く本署（小国署）に通い詰めています。『母の家計簿』の昭和四十一年一月から三月の項を見ると、「小国署宿直」「本署行き、七時帰宅」「午後、主人捜査」「主人、朝から捜査」「夜十二時過ぎても帰らず、心配。午前一時半帰宅」「十時より本署へ」「相変わらず帰りが遅い」「十二時ハイヤーにて帰宅」「主人は相変わらず帰宅遅い」「夜、十一時過ぎ帰られた」といった母の言葉が数日毎に並んでいます。黒川と本署は七、八キロの距離ですが、当時は道路に街灯一つありません。そんな真っ暗闇の中を父が寒さに凍え、バイクで帰って来るのを待つ母はさぞ心配なことだったでしょう。

　父は本署に通い詰めで何をしていたのか。それは竜田署長の指示のもと、小国町・南小国村に跋扈《ばっこ》していた暴力団K組の撲滅に専念していたのでした。K組は小さな子どもでさえ知らない者はない土建暴力団で、我が物顔に町中村中で振る舞っていました。そんな暴力団を一掃する覚悟を決め、緻密な捜査を進められた竜田署長のまさに手となり足となり、父は働いたのでした。これは父にとって存分にやりがいのある仕事だったようです。卓越した見識を持ち、かつ肝っ玉の坐った上司に父は終生深い尊敬の念を抱いていました。村の厄介な腫れ物であることは分かっていながら誰も処置することができなかった暴力団組織K組、それを壊滅するのに一役果たせたことは、南小国村で七年間警察官を務めた父の最大の功績であったようにも思います。

十一　別れといじめ

中二の終わり、南小国との別れのときがやって来ました。父が熊本市内の派出所に転勤することになったのです。黒川から熊本への引っ越しには十四、五人の方が手伝いに来られ、近所の方みなに見送られて黒川を離れました。

小二から七年間、中原、市原、黒川と南小国に暮らし、私はもうほとんど自分を南小国の人間と思うようになっていましたから、中学は当然南中を卒業するものと思っていました。父の転勤がなぜ今なのか、なぜ一年後でないのか、ひどく恨めしく思いました。斉藤君の家にそのまま下宿できないものかと考えたりもしましたが、兄二人はすでに熊本市内にいて（次兄は熊本市内の高校に通っていました）、親は私だけ南小国に残せるはずもなく、結局、私は熊本市内の湖東中学の三年生になりました。

鬱々として楽しまない日々が始まりました。まるで学校の雰囲気が違うのです。また、電車やバスに乗ると知らない人ばかりです。南小国ではどこにいても、知らない人ばかりの中に自分がぽつんといるという経験などすることはありませんでした。親愛の情に包まれた世界から、今、私は潤いも温かみもない世界へ放り出された気がしました。それは、近代以前の社会に住んでいた人間が、いきなり近代社会へ引っ張り出されて戸惑い、おろおろするといったものではなかったかと、今は思ったりします。

湖東中学三年の一学期は、新しい学校に何となくなじめないどころでは済みませんでした。いじめを受けることになったのです。四月は特に何ごともなく過ぎましたが、五月になった頃から、私と同じく転校生であった子がクラスの二人を子分にして、何かと突っかかってきました。いじめの主役となる転校生は学業劣等生で、空手か何かをやっているということでした。それに比して私はクラス一の優等生でした（英語の時間に教師が転校生の私の力を試そうと教科書を読ませたとき、私が実にすらすらと読んでみせたので、クラス中に小さなどよめきが起こりました）から、かれにとって私はとにかく癪に障る存在であったでしょう。私は学校の帰りにときどき三人に待ち伏せされ小突かれたりするようになりました。学校の裏門を通って帰るのが家に近いので、私はいつも裏門を利用しましたが、あるとき、正門から出ていつもと違う道を帰るのもいいかと思って、少し遠回りで家に帰ると、翌日、「武田、おまえは昨日逃げたな」と、いつも以上に小突き回されました。前日、三人は私をいじめようと裏門で待っていたのでしょう。たまには高校生まで引き連れています。まったく多勢に無勢で、なぶられるままになるしかありませんでした。

こんなとき、担任の教師かクラスの誰かに、また家族の誰かに（私には警察官の父と兄がいたのです）知らせたらよかったのにと思われる方もいるでしょうが、なかなかそうはいかないのです。いじめられるとは実に惨めなことです。しかし、自分が惨めであるということは人には言いたくないものなのです（「いじめ問題」の一番の難しさは、いじめられている当人が「人に話したくない」ということにあると私は思っています）。

私は自分でどうにかするしかないと思いました。六月の終わり頃だったか、私は心に決しました。今度、あいつらが私を取り囲み、小突き、蹴るようなことをしたら絶対に反撃しよう。腕力のない自分は一撃でやるしかない。ナイフを用意しよう。いやナイフより包丁だ。台所にあるあの出刃包丁を使おう。あれをタオルに包んでカバンに入れておこう。そしてここというときに、包丁を取り出し、いじめの主犯の腹を刺してやろう。

父親は警察官です。息子がこんな傷害事件を起こしたら、さぞ困るだろうとは当然考えましたが、そんなことは構っていられないと思いました。いじめから逃れるには実行するしかないという思いが私の心を占めました。

私は少年院送りになる一歩手前にいたのですが、私を対象としたいじめはある日を境に突然中止されました。私がいじめられている様子を目撃した誰かが学校に通報したのです。そして、主犯格が誰かも知らされたのです（通報したのは同じクラスの女の子ではなかったかと思うのですが、誰だったのか今もって私は知りません）。それから、今思えば強引と言うべき解決法がはかられました。主犯格の男はどこか違う中学に転校させられたのです。私は急に目の前が明るくなりました。学校に行けばまた嫌な目に遭うかもしれないと怯える必要もなくなりました。子分だった二人は、親分がいなくなると、私をいじめていたことなどまるでなかったかのように、私に手出しをすることはありませんでした。

人生ただ一度のいじめ体験をした三年生の一学期でしたが、私の心を温かくも悲しくもする一人の同級生を思い出すことがあります。四月から五月にかけての頃でした。帰る方角はまったく違うのに、転校生である私を気遣ってくれて、「君の家まで一緒に行くよ」

と言っていろいろ話をしてくれる男子がいました。体格がよく、水泳部に所属しバタフライを得意にしていました。この人と仲良くなれそうだと思っていた矢先、彼は脳の病気で倒れ、急死しました。あまりにあっけない別れでした。彼が生きていてくれたら、私もいじめなど受けずにすんだかも知れないと思うことがあります。

中学２年の親友たちと

十二　少年時代の終わり

夏休みが来ると、私は熊本市内を逃げるように、懐かしい南小国へ遊びに行きました。バスが大観峰を越え、杉林の中の九十九《つづら》折りの道を下り、人家も稀な黄川《きがわ》を過ぎ、見慣れた馬場の集落が目に入ってくると、ツーンと胸に突き上げてくるものがあります。目に涙が滲みました。

斉藤君の家に寝泊まりしてあちこち遊び歩いていると、中三生は黒川の奥のキャンプ場で一泊二日のキャンプをすることになっていると知らされました（おそらく中三生の恒例行事であったのでしょう）。これに参加せずに一人熊本に帰ることなど出来ません。友だちと一緒に中学校に行き、南中生ではないが、元南中生として参加を認めてもらいました。親には南小国滞在が長くなること、少々のお金もいるので送金してほしい旨を連絡しました。キャンプはただキャンプファイアーのときだけが心に深く刻まれています。兄の担任の先生でもあった音楽の上田先生の指揮で、キャンプファイアーに最もふさわしい曲「遠き山に日が落ちて」を参加者全員で歌いました。ドヴォルザークの交響曲第九番「新世界より」の第二楽章のあのメロディーです。暗くて周りの誰も気付いていなかったでしょうが、私は涙ぐみ、心は震えていました。音楽に魂を貫かれるというこのような経験は私の人生で唯一のことであったでしょう。

同級生みなが夏の草原に集い、キャンプファイアーを囲み、ともに心に沁みる歌を歌い、私はここに心許せる仲間がいるという喜びでいっぱいでした。そしてその一方で、自分だけはこの仲間からはじき出された人間であるという悲哀に満たされていました。すでに自分は違う世界に生きている、もうここには自分は戻れないのだという思いが胸に迫っていました。

やがてキャンプファイアーの火も消されました。その火が消えたとき、私の少年時代は終わったのでした。これからどういう世界を生きていくことになるのか皆目分かりませんでしたが、甘美な時代は終わったのだという認識だけは私のうちに確かにあったように思います。

Ⅲ　高校生の萌那へすすめる本

河合文化教育研究所は二〇一〇年から「わたしが選んだこの一冊」と題して、二十〜三十冊の本を紹介推薦する冊子を毎年発行してきました。それは、大学受験という人生の大きな関門を突破するには、当面の受験勉強だけでなく、人が生きていくとはどういうことかを根本から考える思考力、また自分の中の潜在能力を掘り起こしてくれるような知的経験が必要であるという確信によるものです。若者には心を揺さぶるような良質な読書が欠かせないと考えたのでした。

ここに収めた五つの文章は二〇一一年〜一五年までの五年間に「わたしが選んだこの一冊」として書いたものです。取り上げた本は、近世日本の歴史に新たな光を当てたもの、ノーベル文学賞受賞作家の心に沁みる小説、偉大な音楽家の姿を愛情深く描いたもの、幼年期の自然と生活を描いたもの、世界的名作の恋愛小説といったものです。これらに深く親しむことは、自分の今の生き方・あり方を見直し、何らかの質的変化を自分に迫る契機にもきっとなることでしょう。

一　渡辺京二著『逝きし世の面影』

先日、タモリが江戸の痕跡を求めて東京の街を歩くというNHKの「ブラタモリ」という番組を見ていると、「（江戸近郊の）百姓は、武士に厳しく監視されていた」というナレーターの解説があった。また、若者は誰も見てはいないだろう時代劇の「水戸黄門」では、民百姓はいつも悪代官に苦しめられている。近年著しく様々な視点から江戸の見直しがはかられてはいるが、このように、徳川幕府の「苛斂誅求《かれんちゅうきゅう》にあえいでいた民衆」の姿が今でも繰り返し描かれ続けている。

しかし、『逝きし世の面影』を読むとき、このような江戸の歴史イメージが必ずしも真実ではないこと、あるいは一側面を特に強調して語ったものでしかないこと、更に言えば、日本の歴史学者たち（「日本民衆の心奥と無縁」でしかなかった知識人たち）がここ数十年そのように描くように強いてきたものにすぎないことを知らしめてくれる。

『逝きし世の面影』は、幕末から明治初期に日本を訪れた西欧人たちの膨大な観察記録を主な資料として、徳川後期文明の姿（生活総体のありよう）を再現したものだが、異邦人の眼に映った日本、それは「圧倒的に明るい像」だった。人びとは「無邪気で人なつっこく、そして善良で、好奇心にとみ、生き生きとしていた」。その世界は「安息と親和の世界」だった。西欧人は証言する、「他のどんな国民も日本人ほど、封建的専横的な政府の下で幸福に生活し繁栄したところはないだろう」と。

しかしながら、そのような欧米人の観察記は、江戸の社会の実態を何も知らない彼らが日本の表層を見て記したものでしかあるまいと、にわかに信じがたい思いに駆られる人もいるかも知れない。しかし、「西洋人の日本に関する印象を、たんなる異国趣味が生んだ幻影としか受けとって来なかった」、そこに「われわれの日本近代史読解の盲点と貧しさ」があると筆者は言う。

それにしても、すでに滅び去った江戸の文明を知って何の意味があるのか。もっと言えば歴史を学んで何の意味があるのか。それは、自分の生の基盤を見る眼が違って来るから、と言っていいと私は思う。江戸をある特定の史観に制約された眼でしか見ることができないことは、私が今生きる現代もまた狭い制約の中でしか捉え得ないことを意味する。『逝きし世の面影』に描かれた世界、それは何と懐かしい世界だろう。その親和感に満ちた世界を知った感動、そしてそれが今は滅びてしまった悲哀感。それは、現在のわれわれの生の味気なさを、一方でまた何か新たな可能性を示してくれているように私には思われる。
　この本の値段一九〇〇円が高すぎるとか、この本の分量六〇〇ページが厚すぎるとか言う人がいる。そんな人は大学にわざわざ行って学ぶことは必要ないのではないか。

（平凡社ライブラリー、一九〇〇円＋税）

二　カズオ・イシグロ著『日の名残り』

「受験勉強しかしない受験生はバカだ」が口癖の私は、「十八歳、十九歳の若者にとってこれはきっと面白いに違いない」と思える本はなるべく教室でしゃべるようにしている。年に一度は「私の読書案内」として二十数冊の推薦図書一覧を配ったりもするのだが、私の薦めにしたがって、『日の名残り』を読み、簡単な感想文まで書いてくれた生徒がいる。それをまず紹介しよう。

「『日の名残り』読みました。今年読んだ小説の中で一番良かったです。今までミステリー小説や現代小説、またメジャーの日本文学ばかりを読んでいた自分にとって、何処か落ち着いた雰囲気をもつこの本は新鮮でした。またスティーブンスの執事としての生き方、誇りの持ち様に、現代人にはない価値観や幸せの感じ方もあるんだなあと思いました。素敵な本を紹介してくださってありがとうございました。受験終わったら原文も読んでみます。」

主人公スティーブンスは「ほんものの英国紳士」ダーリントン卿に三十年余り仕えた執事である。時は一九五六年七月、スティーブンスは現在仕える主人の車を借りてイギリス西部地方に短い旅に出る。その旅の中で彼は自分の執事としての人生を振り返る。

卿の住まいダーリントン・ホールは由緒あるイギリスの大邸宅で、一九二〇年から三〇年代、ヨーロッパ各国の要人が集まる国際会議も開かれ、「歴史がこの屋根の下で作られる」ような場であった。そんな邸を綿密な職務計画のもとに日々運営し、二十人近い雇人を従えて大きな行事をも取り仕切ったことをスティーブンスは大きな満足感を持って思い出す。職分にひたすら忠実な彼は、女中頭ミス・ケントンの密かな思いにも気づかず、いや気づいても職務を優先してしまうような男であった。そんな人生を顧みて、もっと幸せな私生活を送る別の人生もあり得たのではないかと、日の沈みゆく海を眺めながら彼は涙する。また「時代の大問題を解決するため献身的な努力をされた」ダーリントン卿の仕事は、今日、「壮大な愚行」としかみなされなくなっているという皮肉な歴史認識も示されるのだが、この作品に静かな感動を覚えるのは、人と人との間に「全幅の信頼」というものがあるとき、「仕える」こと、「奉仕する」ということが、抑制と忍耐を必要とするものであっても、うちに大きな喜びを伴うものであり、また誇りでもあることを教えられるからであろうか。「この人に仕えることの喜び」というものが人生にあることをわれわれは知るのである。

著者カズオ・イシグロは一九五四年に長崎で生まれ、一九六〇年、五歳のとき父親の仕事でイギリスに渡り、そのままイギリス人となった人である。イギリスで最高の権威ある文学賞と言われるブッカー賞を本書で受賞している。

（土屋政雄訳、ハヤカワｅｐｉ文庫、七六〇円＋税）

三　アンナ・マグダレーナ・バッハ著『バッハの思い出』

辞書で「音痴」を引くと、「音に対する感覚が鈍く、歌を正しく歌えないこと。また、そのような人」とあるが、それは私にぴったり当てはまる。小学六年のときだったか、クラスみなで合唱しているとき、友人に「武田、おまえが歌うとみんなの調子が狂うから、口をぱくぱくさせておけ」と隣でそっと囁かれたことを今もって私は忘れない。

そんな私だが、バッハとモーツァルト（それにビートルズ）だけはよく聴いてきた。クラシック音楽の中でもその荘重さ故に敬遠されがちなバッハに私が親しんできたのは、学生時代にこの『バッハの思い出』という本に出会ったからである。それは小林秀雄の「バッハ」という短いエッセイに導かれてのことだったと思うが、バッハとの間に十三人もの子をなしたという妻が書き残したこの手記は、「音楽の父」として教科書に納まっていた遥か遠い存在をまざまざと目の前に現わしめてくれた。それは偉大な音楽家を身近に感じたというに留まらない。ヨーロッパの偉大なる精神の生きた姿を見たという気が私はしたのである。精神の柱ともいうべきものを確認したいとき、私は時折この本を本棚から取り出しては読んできた。教会付属の学校の生徒指導に時には苛立ち、怒りを爆発させたバッハは、教師のはしくれとなった私には親しい大先輩のように思えた。

今回、この推薦文を書くにあたって、バッハ関係の本を数冊読んでみたが、バッハの未亡人アンナ・マグダレーナ・バッハ（一七〇一～六〇）が書いたとされるこの本は、実はイギリスの女流作家エスター・メイネル（Esther Meynell）が一九二五年に発表した創作とのことである。よく売れるようにと企んでのことか、ドイツ語に翻訳したとき、未亡人自身が書いたものとして刊行したらしい。以来、ドイツのバッハ研究者も日本の音楽批評家も騙され続けてきたのだが、創作だと分かった今、この本の価値はなきに等しいということになるのだろうか。一人の作家が一九二五年の時点で集めうる限りのバッハ情報を使って、バッハの妻の立場に身を置き描いた創作なのだと強く意識して私はこの作品を改めて読み直してみたが、優れた作家の想像力というものは恐るべきものであると思った。バッハという一人格への深い敬慕、あまたの曲へのこの上もない愛、アンナ・マグダレーナが憑依したとしか思えない見事な描写力だ。それはバッハの曲を聴きたくてたまらない気持ちにさせる（バッハには快活で晴れやかな、また実に愛らしい曲もあるので、是非いくつか聴いてみてほしい）。バッハ入門書としてやはりこれ以上のものはないように思える。

もう十五年も経つだろうか、河合塾の現代文講師からライプツィヒ大学教授に転身された小林敏明氏に案内されて、私は大学の目の前の聖トマス教会を訪れたことがある。聖トマス教会はバッハが後半生の二十七年間その楽長《カントル》であった教会である。二五〇年前まさにここにバッハがいてオルガンを演奏したのだという思いは私の胸を熱くしたのだった。

（山下肇訳、講談社学術文庫一〇〇〇円＋税）

四　石牟礼道子著『椿の海の記』

四、五歳の自分〝みっちん〟を主人公として海辺の小さな町の自然と生活を描く『椿の海の記』の魅力は、まず第一に、海と山の間に繰り広げられる森羅万象の様々の表情を、そこに生きる人の目で濃厚・濃密に描いていることだろう。全ページといっていい、いたるところ朗読したい気持ちにさせられる。実際どこを声に出して読んでみても現代最高の名文だと私は思う。幼い日の私の想い出にも繋がる、梅雨の頃を描いた一節を引用しよう。

「雨は往還道をたたき、裏の湿田をみるみるふくらませた。…一面の麦田が雨の中に没し、…泥鰌《どじょう》や鮒《ふな》やスッポンの子や鯰《なまず》や、自分の躰の倍以上もある鋏《はさみ》を持った川海老などが、大雨の難を避けて、畝の間の草の蔭に泳ぎ寄って来ていたりした。『こりゃな、雨水に酔食《えくろ》うとるぞ』男の子たちはそう云って麦の茎の間をのぞきこみ、自分でつくったさまざまの網を持ち出して、そのような川魚をすくいとった。町内の男の子たちにとって、梅雨の時期は、一年中でいちばん大漁の時期というべきで、上手な子はブリキバケツにうじゃうじゃと獲物をいれ、意気揚々とほかの子たちを従えて帰ってくるのだった。」

人々は「海と山と川と暮らしが不可分」の日々を生き、そこに住まう神々や妖怪たちに親愛の情も畏怖の念も抱いていた、そんな世界が一昔前の日本にはどこにもあったのだ。

しかし、以上述べたことは、この作品の大きな魅力ではあるが、ある一面を語ったことにしかならない。〝みっちん〟は、この世に安らかな居場所を持つ、幸福感に包まれた女の子ではなかった。「めくらさま」で「気の違うて」いる祖母に身も心も寄り添う孫娘であり、妓楼で身をひさぎ十六歳で殺された女郎〝ぽんた〟の受苦をまざまざと感じ取る女の子であった。それ故に、人と人とは「あるときは互いに絡まったりより添ったりするけれど」「人と人との間には、運命とか、宿命の裂け目のようなものがおのずからあり」、人は他と切り離されて一人一人が持つ運命を生きなければならないさみしい存在だということを彼女は深いところでよく知っていた。そんな女の子であるから、ときに人界を離れた向こうの世界に魂がふとあくがれ出ようともするのだが、その根源的なさみしさは、抑えきれない衝迫を彼女の中に生み出したように思われる。心のうちを形象化せずにはおれない「表現」の衝迫である。雪の川の下を蟹となって歩み行く〝おもかさま〟の夢も形象化の一つだろうが、その衝迫を幼い形で最もおもしろく表しているのは「おいらん道中」だろう。〝みっちん〟は親の目を盗み、自ら髪を結い、着物を着付け、抜き衣紋にして帯は下げ目に結び、首筋には白粉《おしろい》を塗り、口には紅をつけ、木履《ぽっくり》をはき、絵日傘をさして往還すじを内股で歩き、妓楼の女を演じきろうとした。やがてその子はわが海が水銀に汚染されてゆく残酷劇を目のあたりにすることになる。そして、その苦しみと悲しみは一人の偉大な作家を誕生させずにはおかなかったのである。

作家石牟礼道子を深く知ろうと思う人は、渡辺京二氏の『もうひとつのこの世 石牟礼道子の宇宙』（弦書房、二〇一三年刊）を読むといい。そして、石牟礼氏の主著である『苦海浄土』を手に取る人が一人でも多く出ることを私は望んでいる。この作品は池澤夏樹編集の河出書房新社版『世界文学全集』に日本人作家の作品としてただ一つ選ばれている。

（河出文庫、八五〇円＋税）

五　ジェイン・オースティン著『自負と偏見』

ジェイン・オースティンの『自負と偏見』という本のことは高校生のときにはすでに知っていたような気がする（原題はPride and Prejudiceで、ちくま・岩波・光文社文庫などでは『高慢と偏見』という題になっている）。世界文学全集には必ず入っているし、サマセット・モームの『世界の十大小説』にも選ばれているのだから、文句なく世界の名作の一つである。しかし、何となく敬し遠ざけて四十年余り。一昨年ようやっと読む機会を得た。そのときの感想を一言でいえば、「こんなにおもしろい小説があったのに、どうして今まで読まなかったのか」という思いであった。

『自負と偏見』は一八一三年に刊行された本であるから、もう二〇〇年も経つ。小説の舞台は南イングランドの田舎で、登場人物は広大な敷地を持つ地主階級《ジェントルマン》の人たち。現代日本とはあまりにかけ離れた、縁遠い世界のようであるが、時代背景についての予備知識など何もなくても、ある男女の結婚に至るまでのこの物語に誰しもすんなり入っていけるだろう（始めはちょっと退屈に感じるかもしれない。が、およそ主な登場人物が出そろうところまで行けば、その先はどう展開するのかと読み進めずにはいられなくなるだろう）。

私はこの推薦文を書くために二度読み返したが、人物配置の妙（一見高慢で無愛想なミスター・ダーシーと誰にも好感を抱かれるミスター・ウィッカム。主人公エリザベス・ベネットと対極的な結婚観を持つシャーロット・ルーカス）、筋運びの妙（当時は商人は卑しい身分とみなされていたのだが、商人ながら聡明で趣味も洗練された親戚のガーディナー夫妻が大事な役割を担う）、会話のやり取りの妙（特にエリザベスとダーシーの会話は後半に行くほど高まりを見せる）など、何をとっても感嘆せざるを得なかった。『自負と偏見』は小説というものの魅力をすべて備えている作品といっていいだろう。

ジェイン・オースティンの作品として二番目に知られている作品は『エマ』であろうが、『自負と偏見』も『エマ』も一人の女性の心の成長物語といえる（相手の男性の心の成長物語でもある）。学歴とか資産とか社会的地位とか、また私は人を見る目があるとか、誰しもがなにがしかの「自負心（自惚《うぬぼ》れ・驕慢）」があり、それが「偏見」を育てる。それを乗り越えていく一つの楽しい物語を作者は見せてくれている。

今回、ジェイン・オースティンについて書かれたものをいくつか読んだが、次の言葉がとりわけ私にはおもしろく思えたので、その引用をもって締めくくりにしたい。オックスフォード大学の英文学教授で、優れた作家・作品論を数多く残したデイヴィッド・セシル卿（一九〇二〜八六）の言葉である。

「もし私が自分のなにかある行動が賢明であるかどうかについて思い惑ったならば、私はフロベールやドストエフスキーに相談はしないでしょう。バルザックやディケンズの意見にはあまり重きをおかないことでしょう。スタンダールに叱責されたならば、やはり私の行動が正しかったと、ただ自信をかためるばかりでしょう。トルストイの見解に対してさえ、私は全幅の信頼をおかないことでしょう。しかし、私は心から狼狽《ろうばい》し、何週間も何週間も悩むことでしょう、もしもジェイン・オースティンの不賛成を受けたならば。」

（小山太一訳、新潮文庫、八九〇円＋税）

あとがき

この本は、「2022年 夏 第77号 道標」（人間学研究会）に掲載した「グランパから萌那へ」並びに「2022年 秋 第78号 道標」に掲載した「私の少年時代」がもとになっていますが、こうして出版にまで至ったのは、渡辺京二先生のお力添えあってのことに他なりません。

自分の書いたものについて先生が一言でも感想を述べて下さるのが私にとってはいつも大きな励みでありましたが、「グランパから萌那へ」が「道標」に載ると、すぐに次のお便りを下さいました。

「グランパより萌那へ」拝読しました。とてもいいご文章で、若い人たちが読めばきっと得るところ多いでしょう。「道標」にこんないいものいただいて感謝します。（二〇二二

年七月四日消印の葉書）

「私の少年時代」を「道標」に載せた折には、次のようなご不満とご助言をいただいた。

「少年時代」拝読しました。とてもよろしいのですが、何か物足りなく、それが何か考えました。わかりました。お父様お母様のことがあまり書かれていないのです。このお二人はかしこい庶民の代表のような方であり、あなたの少年時代のゆたかさはこのお二人に関わるところが大きいはずです。これはご両人についてはこれまでお兄様と共に御本を出されているので省かれたのだと思いますが、「私の少年時代」とあるからには、それを省いたのでは肝心な点が抜け落ちてしまいます。またお兄様（むろんあなたの少年時代にとってのお兄様）の姿も描いてほしいです。この辺のことを補筆なさって、前稿の「グランパ」と併せて単行本にしていただきたいものです。（二〇二二年十月二十五日消印の手紙）

ここまで言っていただいて、「補筆」に精出さないでいられるわけがありません。二週間あまりで「私の少年時代」を三倍くらいの長さに書き改め、早速先生にお送りしました（「グランパから萌那へ」に書き足した「新聞について」と「大学並びに学者について」の二章も添えて）。すると、先生はすぐに弦書房の小野社長との間で「単行本」の話を決めて下さいました。弦書房で小野社長とお会いする日も決まり、いよいよ本当に本作りが始まることを先生にご報告すると、次のお便りが届きました。

ご本の話、まとまってうれしいです。きっといい本になりましょう。人は自分に与えられた天分は生かさねばなりません。それを十分に育て発現させる、人としての義務があります。アマチュア気分じゃなく、物書きとしての自覚、意欲をもって、今後もずっと書いて下さい。まだお若いし、これからナンボでもお仕事が出来ます。私が本当に勉強したのは五〇代から七〇代にかけてでした。期待しています。どうかお元気で。
（二〇二二年十二月九日消印の葉書）

先生は二週間余り後の十二月二十五日に急逝されました。ですから、これが先生からいただいた最後のお便りです。先生は、私のささやかな一冊の本のために何もかもして旅立って逝かれました。この本それ自体が、私のような「小さきもの」にも先生がやさしく手を差し伸べられたことを示す一例と言えるように思います。今となっては、出来上がったこの本を先生に見ていただけなかったこと、それが無念でなりません。

お仕舞いに申し添えますと、「グランパから萌那へ」の文章を書いたときは、萌那はまだ二歳でしたが、本を出すことになった今は三歳となり、娘が描いた挿絵は三歳の萌那の姿です。今はすっかり萌那は私のことを「グランパ」と呼んでいます。

二〇二三年二月

著者識

〈著者略歴〉

武田博幸（たけだ・ひろゆき）

一九五二年熊本県生まれ。九州大学大学院文学研究科（ギリシア哲学専攻）修士課程修了。博士課程退学。

二十九歳から六十五歳まで河合塾国語科講師を務める。『読んで見て聞いて覚える重要古文単語315』（桐原書店）など大学受験生向け古文参考書を多数執筆。一般向けの古典入門書として『古典つまみ読み　古文の中の自由人たち』（平凡社新書）がある。現在、福岡県朝倉市に在住。

グランパより萌那《もな》へ

二〇二三年　五　月一〇日発行

著　者　武田博幸《たけだひろゆき》

発行者　小野静男

発行所　株式会社　弦書房

（〒810・0041）

福岡市中央区大名二―二―四三

ＥＬＫ大名ビル三〇一

電　話　〇九二・七二六・九八八五

ＦＡＸ　〇九二・七二六・九八八六

印刷・製本　アロー印刷株式会社

ISBN978-4-86329-269-7　C0095

◆弦書房の本

石牟礼道子全歌集　海と空のあいだに

解説・前山光則　〈水底の墓に刻める線描きの蓮や一輪残夢童女よ〉など一九四三〜二〇一五年に詠まれた未発表短歌を含む六七〇余首を集成。「その全容がこれほどまでに豊饒かつ絢爛であることに驚く」（齋藤愼爾評）◆石牟礼文学の出発点。　〈A5判・330頁〉**2600円**

石牟礼道子〈句・画〉集　色のない虹

解説・岩岡中正　預言者・石牟礼道子が、最晩年の2年間に遺したことば、その中に凝縮された想いが光る。自らの俳句に込めた想いを語った自句自解、句作とほぼ同じときに描いた15点の絵（水彩画と鉛筆画）、未発表を含む52句を収録。　〈四六判・176頁〉**1900円**

戦地巡歴　わが祖父の声を聴く

井上佳子　日本のどこにでもある家族の戦争と戦後を忘れないために——著者は、戦死した祖父の日記に静かに耳を傾ける。戦地で散った兵士たちの記憶をたどり、当時を知る中国人も取材、平和を生き抜くための言葉を探す旅の記録。　〈四六判・288頁〉**2200円**

耳を澄ませば

吉田優子　スペインと阿蘇をめぐる五つの短編集◆人というより風ひとつ見ているような気になる。旅でもなく定住でもなく　そのあわいのような時間と場所で風に吹かれながらしがみつく　娘の意識であり、母の存在である〔伊藤比呂美〕〈四六判・250頁〉**1800円**

生き直す　免田栄という軌跡

高峰武　獄中34年、無罪釈放後の37年の稀有な生涯。確定死刑囚から日本初の再審無罪となり「生き直した」生涯をたどる。獄中から家族への手紙400通と教誨師・潮谷総一郎氏への手紙1000通から免田さんの声を紹介。圧倒的な肉声の束が私たちに語りかける。**【2刷】**〈四六判・276頁〉**2000円**